如果你看到一匹白马，

就可以许下一个愿望。

从四年级开始，我从来没有一天不许愿。
吧！我终于把今天的愿望许了。
也许这一次它会实现的。

我为什么要被送到这个破败的地方？
如果你打喷嚏太用力，
这座房子很可能会从山上掉下来。

我们爬过倒下的树，穿过带刺的藤蔓，
四处寻找，连愿望骨的影子都没看见……

愿望
Wish

［美］芭芭拉·奥康纳◎著　田婉濛◎译

湖南文艺出版社
HUNAN LITERATURE AND ART PUBLISHING HOUSE
·长沙·

小博集
BOOKY KIDS

WISH by Barbara O'Connor
Copyright © 2016 by Barbara O'Connor
Published by arrangement with Farrar Straus Giroux Books for Young Readers
An imprint of Macmillan Publishing Group, LLC
All rights reserved.

著作权合同登记号：字 18-2024-348

图书在版编目（CIP）数据

愿望 /（美）芭芭拉·奥康纳著 ；田婉濛译.

长沙 ：湖南文艺出版社，2025. 6. -- ISBN 978-7-5726-2423-0

Ⅰ. Ⅰ712. 84

中国国家版本馆 CIP 数据核字第 2025NR9198 号

上架建议：畅销·儿童文学

YUANWANG
愿望

著　　者：[美]芭芭拉·奥康纳
译　　者：田婉濛
译　　审：陈水平
出 版 人：陈新文
责任编辑：匡杨乐
监　　制：李 炜　张苗苗　文赛峰
策划编辑：文赛峰
特约编辑：丁 玥
营销编辑：付 佳　杨 朔
版权支持：王媛媛
内文插图：叶思彤
装帧设计：霍雨佳
版式排版：金锋工作室
出　　版：湖南文艺出版社
　　　　　（长沙市雨花区东二环一段 508 号　邮编：410014）
网　　址：www.hnwy.net
印　　刷：三河市中晟雅豪印务有限公司
经　　销：新华书店
开　　本：875 mm×1230 mm　1/32
字　　数：129 千字
印　　张：7.125
插　　页：2
版　　次：2025 年 6 月第 1 版
印　　次：2025 年 6 月第 1 次印刷
书　　号：ISBN 978-7-5726-2423-0
定　　价：39.80 元

若有质量问题，请致电质量监督电话：010-59096394
团购电话：010-59320018

目 录

contents

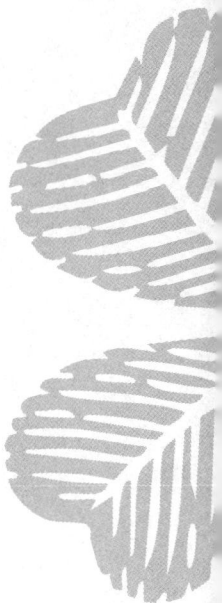

第一章
新学校

我低头看着桌子上的纸。

那是一张写着"让大家认识你"的单子。

在单子的顶端，威利贝老师写下了"查理曼·里斯"。

我在"查理曼"上画了一个大大的叉，重新写下了"查理"。

我的名字是查理。对女孩来说，查理曼是个十分糟糕的名字，为此我跟妈妈抱怨过无数遍了。

我看了看四周，我的乡巴佬同学都在做数学题。

我最好的朋友阿尔韦娜告诉我，他们都是乡巴佬。

"你会讨厌待在科尔比的，"阿尔韦娜说，"那里只有泥泞的红土路和乡巴佬。"她把她柔顺的头发撩到了肩膀上，补充道："我敢肯定，他们会吃松鼠。"

　　我瞥了一眼周围课桌底下的饭盒，想知道里面有没有松鼠肉馅的三明治。

　　我的视线回到了面前的这张单子上，我得把这上面所有的东西都填完，好让新老师了解我。

　　在"描述你的家庭"一栏，我写下了"糟糕"。

　　"你在学校内最喜欢的学科是什么？""无。"

　　"写下三个你最爱的活动。""足球，芭蕾，打架。"

　　这些最喜欢的活动里，有两个是假的，但有一个是真的。

　　我最爱打架了。

　　我的姐姐杰吉遗传了爸爸墨黑的头发，而我遗传了他火暴的脾气。如果每听到"有其父必有其女"就会获得一个硬币的话，那我一定是个超级大富翁。爸爸太爱打架了，所有人都叫他"炮筒子"。事实上，就在此时此刻，我被困在北卡罗来纳州的科尔比和乡巴佬孩子待在一块的时候，"炮筒子"又回到了罗利的监狱，原因还是打架。

　　不需要能预言的水晶球，我就知道，在老家罗利的房子里，即使现在正值中午，妈妈一定还躺在床上，窗帘一定拉着，床头柜上一定放着空汽水罐。她会在床上躺一整天。如果我在家，她不会关心我是去上学了还是待在沙发上看电视，更不会在意我是不是把饼干当午餐。

　　"但那只是你离开家乡的一小部分原因。"社会福利部门的女士滔滔不绝地解释着，试图让我明白我为什么要被送到这个破败的地方，还要和两个我根本不认识的人住在一起。

　　"和亲戚待在一起会更好一点，"她说，"格斯和伯莎就是你的亲戚。"

　　"什么样的亲戚？"我问。

　　社会福利部门的那位女士向我解释，伯莎姨妈是妈妈的姐姐，格斯是伯莎的丈夫。他们没有孩子，很高兴能照顾我。

　　"那凭什么杰吉可以和卡罗尔·李待在一起？"我问了很多很多次。卡罗尔·李是姐姐最好的朋友，住在一个带泳池的豪华大房子里。她的妈妈每天早上都会准时起床，她的爸爸也不叫"炮筒子"。

　　社会福利部门的女士再次告诉我，杰吉实际上已经是一个成年人了，几个月后就高中毕业了。

　　我马上指出我已经五年级了，不再是个小孩了。她叹了口气，然后挤出一个假笑，说："查理，你必须和姨妈、姨夫生活一段时间。"

　　我怎么能和毫无感情的人生活一段时间啊？我想知道"一段时间"是多久，她告诉我要等尘埃落定，直到妈妈能把她的脚放在地上的时候。

好吧，我的想法是，把该死的脚放在地上有什么难的呢？

"你需要一个稳定的环境。"社会福利部门的女士说。但我知道她真正的意思是"你需要一个正常的家，而不是一个支离破碎的家"。

我仍然想争辩和抱怨，再大点声争辩下或者抱怨下，但最终的结果仍然是——现在我身处北卡罗来纳州的科尔比，坐在课桌边凝视着这张"让大家认识你"的单子。

"查理曼，你填完了吗？"威利贝老师突然出现在我身边。

"我的名字是查理。"我刚说完，就听到教室前排一个头发油油的男孩爆发出很大的笑声，我几乎能感觉到他飞溅的唾沫。我使出了我的招牌"眼神杀"，瞪着他，直到他安静下来，脸变得通红。

我把那张单子递给了威利贝老师，她的眼睛潦草地上下一扫，我不知道她看到了什么，只见她脖子上出现了红斑，嘴角抽动了一下，大步走回讲台，甚至没有再看我一眼。单子被甩到了讲台的桌上，好像那是个烫手山芋一样。

我跌坐在座位上，把我汗津津的手在短裤上擦了擦。

明明才四月，这里就热得跟火炉一样。

"需要帮忙吗?"坐在我前面的男孩指了指我桌子上的数学练习。他有着火焰般的头发，戴着一副难看的黑框眼镜。

"不用。"我说。

他耸了耸肩膀，从桌上拿了一根铅笔，朝着公用削笔刀走去。

上，

下，

上，

下。

对，他是这么走路的。

仿佛一条腿比另一条腿短。

此刻，他拖着一只脚在地上走，运动鞋发出了吱吱的噪声。

我瞟了一眼表。

该死! 我错过了 11 点 11 分。

我有一个清单，写着所有的许愿方式，比如看到一匹白马可以许个愿，吹散一朵蒲公英之后可以许个愿，还有毫厘不差地在 11 点 11 分看表，也可以许愿。我和"炮筒子"常去钓鱼的湖边，有个渔具店，这个许愿方法是渔具店的老人告诉我的。

可是现在，我错过了 11 点 11 分，不得不找另外一个方式去许出我的愿望。从四年级开始，我从来没有一天不许愿，所以今天我也不想错过。

威利贝老师朝正在削铅笔的红发男孩点了点头，然后说："霍华德，你要不要给查理当一段时间的新生伙伴？"

接着，威利贝老师告诉我，当一个新生来到学校时，新生伙伴会带着他参观校园并介绍学校的规则，直到新生适应这里。

霍华德咧嘴一笑，应声说："好的，老师。"然后就这样——我有了一个新生伙伴，无论我想不想要。

下午剩余的时间对我来说漫长无比，我甚至怀疑我能不能撑下来。我凝视着窗外，班里的同学在轮流吹嘘自己的社会实践作业。窗外的雨连绵不断，远处，黑云掩住了山尖。

铃声终于响起，我以迅雷不及掩耳之势逃出校园，冲向校车。一上车我就急匆匆穿过过道，把自己摔进了最后一排。我盯着一块粘在前座椅背上的干口香糖，不断发出意念，意念像激光一样来来回回扫射全车。

别坐在我边上。

别坐在我边上。

别坐在我边上。

如果我必须被困在一辆满是陌生孩子的校车上，至少我想一个人坐着。

我的意念似乎起了作用，没人坐在我身边，所以我不再盯着那块口香糖，把目光挪向了窗外。

那个走路一瘸一拐的红头发男孩正匆匆走向校车，每走一步，都会被颠起的背包撞一下。

当他走上车时，我迅速把目光挪回了那块口香糖上，再次发出我的意念。

但是他一分钟都没有浪费，拖着他的脚穿过过道，扑通一下坐在我边上。

接着，他冲我伸出了手，说："你好，我是霍华德·奥多姆。"他推了一下他那难看的黑框眼镜，补充道："你的新生伙伴。"

现在还有人像他这么正式地握手吗？我认识的孩子里没有。

他就把他的手伸在那里，然后盯着我，直到我忍不住。我和他握了握手。

"查理·里斯。"我说。

"你来自哪里？"

"罗利。"

"你为什么到这儿来了？"

他真爱管闲事。但我转念一想，也许我把冰冷的现实说出来可以让他闭嘴，可能他就再也不想当我的新生伙伴了。

"因为我的爸爸正蹲在监狱里，我的妈妈从不愿意起床。"

好吧，他没有诧异，甚至没有眨一下眼。"他为什么会在监狱里？"

"打架。"

"为什么？"

"你的意思是……？"

他用自己短袖的下摆擦了擦起雾的眼镜，由于校车潮湿和高温，他的脸变成粉红色的。"他为什么打架？"他问。

我耸了耸肩。"炮筒子"打架是没有任何理由的，或许还有很多其他原因导致他进了监狱，但是没有人愿意告诉我，哪怕一丁点。

"格斯叔叔和伯莎阿姨告诉我妈妈你要来了，他们一起去了教堂。我给过他们一只猫，"霍华德说，"一只骨瘦如柴的灰猫，生活在我家门廊下面。"

他开始滔滔不绝地讲着格斯姨夫如何教他制作弹弓，

以及夏天伯莎姨妈有时会在路边卖腌黄瓜。有一次，他的妈妈把车直接开进了姨妈家旁边的沟里，姨夫用拖拉机把车拖出来，然后他们一起坐在院子里吃了烧烤味的三明治。

"你会喜欢和他们一起生活的。"他说。

"我不会和他们生活很久的，"我告诉他，"我会回罗利。"

"啊!"他低头看了看自己放在大腿上的长满雀斑的手，"什么时候?"

"当我妈妈把她的脚放到地上的时候。"

"这需要多久?"

我耸了耸肩，说："不会很久。"

但是胃中的绞痛告诉我这是一个谎言。揪心的忧虑告诉我，妈妈可能永远不会把她的脚放在地上。

当校车驶出停车场，穿过小镇时，霍华德飞速说出了一串校车上的规则：不可以占座，不可以吃口香糖，不可以在座椅靠背上写东西，不可以说脏话。我很肯定，除了霍华德以外没有人会在意这一大堆乱七八糟的规则。

我看着窗外科尔比的凄凉景象：加油站、移动房屋公园、自助洗衣店。如果你问我的话，我觉得这里都算不上一个小镇。这里没有商场或者电影院，甚至连一个中餐馆都没有。

没过多久，校车就开始向山上行驶了。雨停了，波浪一般的蒸汽从柏油马路上浮起来，蜿蜒的小路在我眼前兜兜转转，校车时不时停下来，有孩子在一座看起来很破旧的房子前下车，房前有一片红土地。

在我们快到格斯姨夫和伯莎姨妈家时，校车停了下来，霍华德说："我下车了，再见。"

另一个年纪小些的红头发男孩和他一起下车了，我看着他们穿过杂草丛生的院子，朝着家走去。自行车、滑板、足球和运动鞋散落在四处，从家门一直到马路上。一根花园水管从一个滴着水的水龙头蜿蜒到院子里的一个洞中，一个脸上脏兮兮的小孩正往洞里扔石头，溅起了泥水。

霍华德冲着开走的校车挥手，但我挪回了视线，继续盯着那块干掉的口香糖。

当我们终于来到姨妈家长长的砾石车道时，我下了车，看着校车开走，溅起的雨水把路边的小花撞得左右摇摆。我正要走上车道，突然发现路边的泥土里有什么闪闪发光的东西。

一个硬币！

我马上冲过去把它捡了起来，接着使出吃奶的力气把它扔得远远的，在硬币掉到地上然后弹进树林之前快速许下我的愿望。

　　吧！我终于把今天的愿望许了。

　　也许这一次它会实现的。

第二章
伯莎姨妈

我艰难地走过长长的车道，跳过泥泞的雨水坑。我的脑子里想着杰吉此时此刻在做什么，没准她正在干什么出格的事。所有人都觉得姐姐是从天上掉下来的天使，只有我了解真正的她。

当格斯姨夫和伯莎姨妈的房子终于出现在我的视线里时，我停了下来。

我已经在那里住了四天，但我依旧无法理解那座房子是怎么做到挂在山上的。房子的前半部分紧紧贴着地面，灌木丛中开出的花朵在大山和房子的夹缝中肆意张扬。房子的后半部分可就有意思了：一个宽大的架子把房子的一半架在了陡峭的山腰上。架子的尽头有一个小门廊，那里放着两把摇椅，栏杆旁边有一篮子花，簇拥着，正在盛开。

　　在科尔比的第一夜，晚饭后，格斯姨夫给我从厨房搬了一把椅子。伯莎姨妈追着我问了一百万个问题：我在学校最喜欢哪个科目？我有没有幸运数字？我喜不喜欢游泳？我吃不吃煮花生？……我小声嘟囔了几句，算是回复，其余时间我只是耸耸肩，直到她终于停了下来。我突然就觉得坏情绪来了，气愤到说不出话来。为什么我要和两个不认识的人在门廊上聊天？我感觉自己像装在袋子里没人要的小猫一样，被遗弃在路边。我们三个人就这样浸在沉默中，看夕阳被远处的山丘吞没，看萤火虫扑扇着翅膀，在墨色的松树间一闪一闪。

　　接下来的三天里，我试图说服格斯姨夫和伯莎姨妈认同送我去上学是一件没有意义的事情，毕竟快到暑假了。但是下一件让我傻眼的事，是我已经坐在这辆去往学校的校车上，同车的全是乡巴佬。

　　"嘿，你瞧。"在我穿过院子时，伯莎姨妈在前门喊道。一只肥肥的橘猫从花园的棚屋里冲出来，小跑到我身边。格斯姨夫和伯莎姨妈养了一大群猫，它们在门廊上打盹儿，在窗台上晒太阳，在花园里捉蜜蜂。

　　我走进屋里，把背包扔在格斯姨夫那破旧的安乐椅上，温暖的肉桂香气从厨房中飘了出来。

　　"我做了咖啡蛋糕，"伯莎姨妈说，"里边一滴咖啡都没有，我不理解为什么它叫咖啡蛋糕。"她推开门，让猫进来，"天哪，我知道了！一定是因为吃蛋糕的时候需要搭配着咖啡，所以叫咖啡蛋糕，你觉得呢？嗯，好吧，无论如何，谁在乎这个名字呢？对吧？"

到这里的第一天起，我就清楚伯莎姨妈是个很健谈的人了。这和她的妹妹，也就是我的妈妈完全不一样，妈妈可以好几天不说一句话。不过，当我看到她们长得有多像时，我还是感到惊讶。一样的灰褐色头发，一样的纤长手指，甚至连嘴角的皱纹都一模一样。

我坐在厨房的桌子旁，看着伯莎姨妈切下一片厚厚的咖啡蛋糕，然后放在了我面前的纸巾上。接着，她把她的椅子拉近了些，对我说："快告诉我你第一天上学的每一件小事。你的老师、你的同学都不错吧？你的教室长什么样？你午餐吃了什么？你在课间干了什么？亲爱的，快把每一件小事都告诉我。"

"一些女孩吃了松鼠肉馅的三明治。"我说。

伯莎姨妈的眉毛一下竖了起来。"你确定吗？松鼠肉馅的三明治？"

我舔了舔手指，然后把手指按在了纸上，去沾咖啡蛋糕的碎屑。我点了点头，但是没有直视她，说："我确定。"

一只小灰猫坐在厨房的台子上，舔着自己的毛，我想知道这是不是霍华德送给他们的那只。伯莎姨妈把它抱了起来，亲了亲它的头顶。"沃尔特，查理可不想让猫毛出现在她的咖啡蛋糕里。"她轻轻地把它放在了油毡地板上。当猫咪看到一排小蚂蚁，从水槽下面往火炉旁一个黏糊糊的黑点移动时，它的尾巴抽动了一下。

"我们班上有个走路一瘸一拐的男孩。"我说。

伯莎姨妈歪了歪头，问："这个男孩叫什么名字？"她从窗台上的植物上折下一片枯叶，然后把它塞进了口袋里。

我一边绕着桌子学霍华德走路，一边说："他叫霍华德，是这样走路的。"

"霍华德·奥多姆，"伯莎姨妈说，"愿老天保佑他，那个男孩像金子一样好。当其他孩子嘲笑他，叫他'弹簧'时，你把他们当空气就好了。"她摇了摇头抱怨着："我敢说，孩子们有时候太刻薄了。"

"弹簧？"

"对，你知道的，像一个弹簧一样。"

"霍华德应该狠狠打他们的脸。"我说，"如果是我，我就会这么做。"

伯莎姨妈睁大眼睛，然后摇了摇头。"那个男孩不会的，他甚至不会打死一只苍蝇。所有奥多姆家的人都是这样的好心肠。他的兄弟们有时候有些调皮，但是都很善良。"她把蛋糕屑从桌子上扫下来，倒进了水槽里。"这么说吧，就在上周，奥多姆家的三个男孩来帮格斯换掉门廊上被白蚁啃坏的木板，却连一分钱都没有收。我们只是让他们带着装满芜菁的麻袋回家去，他们就高兴得不得了。"

芜菁？如果你问我的话，任何会因为一麻袋芜菁而高兴的孩子都很奇怪。

伯莎姨妈又坐到了我旁边。"所以其他的事呢？"她说，"告诉我其他关于学校的事吧。"

我耸了耸肩，我不会告诉姨妈那张"让大家认识你"的单子被威利贝老师像扔烫手山芋一样扔到了桌子上，更不会告诉她霍华德成了我的新生伙伴这件事。所以我只是说："没什么。"

"没什么？"

"没有。"

伯莎姨妈用手拍了拍厨房的桌子。"对了！我差点忘了，"她说，"我给你准备了一些东西。"她示意我跟着她穿过大厅，来到了我睡觉的小房间。

"铛——铛——铛——铛！"她伸出手臂，咧嘴一笑。

我随着她的视线，看向了角落的小床。两个枕头靠着墙，粉红色的枕套上印着灰姑娘。

"今天早上，我发现这个房间一点也不像一个小女孩的房间，"伯莎姨妈说，"所以我去大市场买了这些枕套。我本来还想买配套的床单，但那是一张双人床的床单，不是单人床的。如果格斯能帮我搬走那个柜子的话，我大概会去买下他们家的粉色毛绒地毯。我知道我需要把我的罐头瓶从这里搬走，还有那台旧电视，甚至都不能用了，但是……"

她絮絮叨叨地说个不停，可我根本没有听进去。灰姑娘的枕套？她肯定觉得我只有五岁，而不是快十一岁了，她确实不太了解孩子。

那个下午，杰吉从罗利打了电话过来。她告诉我卡罗尔·李的表妹来拜访他们了，送给她一件她一点也不想要的羊绒衫。然后她讲了卡罗尔·李的爸爸教她开车，这是"炮筒子"从未做过的。她说她正在考虑把几缕头发染成蓝色，她还说有个叫阿洛的男孩前几天带她去夏洛特市看了赛车比赛。她太沉迷于告诉我她的幸福生活了，以至于她忘了问我和一群吃松鼠的乡巴佬住在科尔比是什么感受。挂了电话之后，我回到自己的屋子里，躺在那个灰姑娘的枕头上，暗自伤心起来。为什么杰吉可以那么开心？她看起来一丁点也不在乎我了。

　　我相信"炮筒子"也没有那么在乎我了，他一定忙着在县监狱密不透风的围墙后打篮球，完全忘记她的女儿此刻正在山中，在这座全是猫的房子里和一群不认识的人待在一起。我还非常确定妈妈也一点都不在乎我，她肯定正佝偻着背，红着眼睛，穿着浴袍在屋里走来走去。

　　今天晚上，我一定要去门廊上等着第一颗星星出来，这样我就可以再许一次愿了。也许一天许两次愿，愿望就会更容易实现一点。

第三章
踢人事件

那个晚上，我和格斯姨夫、伯莎姨妈一起坐在后门廊上，看到第一颗星星挂上夜空，在树梢上闪闪发光。我马上闭上眼睛，疯狂地许愿。

"你在许愿吗？"格斯姨夫问。

我感觉到自己脸红了。"没有。"

伯莎姨妈轻轻推了格斯姨夫一下，说："和她讲讲你的那次经历，有一次你希望你的迪安叔叔消失，结果他真的消失了。"

格斯姨夫拍了拍她的手。"哦，现在吗？伯蒂①，她不会想听那些老掉牙的故事的。"他轻轻摇晃着椅子，门廊

① 姨夫对姨妈的爱称。

的地板跟着他的节奏吱吱地唱着歌。

相比伯莎姨妈的滔滔不绝、活泼好动，格斯姨夫则是安静随和、慢条斯理的。他整天戴着一顶棒球帽，蓬乱的棕色头发从帽子底下钻出来，帽檐是褐色的，沾满灰尘和油腻的指纹。

"那就是飞马座。"他指着远处山顶上几颗漫步的星星说。

"格斯本该成为一名科学家的，"伯莎姨妈说，"他可以告诉你所有你想知道的关于星星、空气、植物、水以及气候等等的知识。"

格斯姨夫轻轻哼了一声。

"他觉得我嫁给他是因为他长得帅，"伯莎姨妈冲我眨了眨眼，"其实我是爱上了他聪明的大脑。"

格斯姨夫笑了。

然后最神奇的事情发生了，他们几乎同时伸手握住了对方的手。这就好像有人说："现在，倒数三二一，然后拉手。"我从来没有见过"炮筒子"和妈妈拉手，好吧，大多时候，他们甚至都不会看向对方。

我看着格斯姨夫和伯莎姨妈坐在那里凝视着夜空，他们的嘴角上扬，那是幸福的笑容。伯莎姨妈的眼神不时从星空移到格斯姨夫的脸上，仿佛他是一个超级明星，而不是一个在库珀维尔的床垫厂工作、头发蓬乱的男人。

我们一直待在外面，直到又开始下起了小雨。那是一场温和但充满寒意的小雨，它把我们脚边的猫咪赶回了窝里。

晚上，我昏昏沉沉地上了床，很多画面钻进了我的大脑："炮筒子"在县监狱里鼾声如雷；妈妈在昏暗的卧室里盯着天花板发呆；杰吉和卡罗尔·李一边聊八卦一边给脚指甲涂指甲油；霍华德一瘸一拐地走路，以及他善良的家人。我还想到了格斯姨夫和伯莎姨妈在飞马座的光辉下握紧对方的手。最后我想到了可怜的自己，孤单地躺在这里，不知道愿望是否有实现的那天。

第二天，我穿着杰吉的白色鼓手旧长靴去了学校。踏进校车的那一刻我就知道这是个错误的决定。当我走过过道时，女孩们指着我的靴子，一边笑一边说悄悄话。我瞪着她们，感觉到自己脸红了起来。霍华德示意我坐在他旁边，但是我坐到了他后面的那个座位上。

一整个早上，我都在用一支蓝色的记号笔在胳膊上涂涂画画，假装自己在学习。课间休息时，霍华德一次又一次劝我跟着他到处转转，听他介绍学校。

"我是你的新生伙伴，记得吗？"他问。

我摇了摇头。"忘掉它，"我说，"我并不是很感兴趣。另外，我不会留在这里很久的。"

"为什么?"

我瞅了他一眼，说："我告诉过你了，我会回到罗利的。"

"但是如果你妈妈永远不把她的脚放到地上呢?"他问。

好吧，这都是什么鬼问题? 我跺了跺脚，从他身边走开，然后扑通一声坐在了食堂窗户下的墙边，愤怒地盯着操场上踢球的学生。我瞟了霍华德一两次，他正用脚在泥土上画圈，一副闷闷不乐的样子。

当铃声响起时，所有人都去争先恐后地排队，几个调皮的男孩推搡着挤到了霍华德的前面，可霍华德什么也没说。当我朝着队伍走去时，我们班一个叫奥德丽·米切尔的女孩大摇大摆地走向我，阴阳怪气地对我说："真是双好靴子。"她嘲弄地笑着，她的朋友们站在她身后，也在咯咯地笑。

"炮筒子"遗传给我的脾气在我的身体里爆发，从脚尖一路到头顶，和火焰一样炙热。下一秒，我反击道："谢谢，它很适合用来踢人。"话音未落，我非常用力地踢向她瘦弱的小腿。

接下来的几分钟里，四周充满了哭闹声、叫喊声和打小报告的声音。等我反应过来时，我已经坐在了校长梅森先生的面前。他训斥着我的不当行为，我则认真地研究着早上我在胳膊上用记号笔画下的小星星和爱心。

校长问我是否知道自己错了，会不会喜欢别人这样对我，还问了一堆我根本不在乎的问题。

我回答"好的，校长"或者"没有，校长"，但是我的目光一直停留在我墨迹斑斑的手臂上，然后用鼓手长靴的鞋跟磕着椅子腿。

后来，他说到要给伯莎姨妈打电话，告知她我做了什么时，我耸了耸肩，然后回到了教室，对奥德丽·米切尔说了声对不起，尽管我并不是真的觉得抱歉。这就是我在科尔比上学的第二天。

那天下午的校车上，霍华德又一次无视了我的意念，径直向我走来，坐在了我旁边的座位上。

"你得帮我占个座，因为我觉得新生伙伴应该坐在一起。"他说。

"那违反了校规。"我说。

"我很确定你可以为你的新生伙伴占个座。"

我翻了个白眼，看向窗外。

"你为什么要踢奥德丽·米切尔？"霍华德问。

我告诉了他米切尔是怎么带着嘲弄的笑说了那句"真

是双好靴子"的。霍华德摇了摇头，说："见鬼，查理，你为什么会对这句话这么生气？这不是什么大事。"

我瞪了他一眼。或许这对他来说不算什么，但是对我来说，问题很严重。我差一点就告诉他我从"炮筒子"那儿遗传了暴脾气，但是我没有说出来。不过，我告诉了他我是如何在去幼儿园的第一天就被送回去的，因为我把一根铅笔刺在了一个男孩的身上。

"是有橡皮擦的那头还是有铅笔尖的那头？"

"铅笔尖。"

"查理，这有点过分。"

我耸了耸肩。"我知道，但当时我真的很生气。"

"因为什么生气？"

"他用他的拇指穿过了我的三明治。"我回答。

霍华德又摇了摇头，他红色的发丝垂到他的眼镜上。"从现在起，"他说，"每次你感觉到自己要开始生气了，就说'菠萝'。"

"菠萝？"

"是的。"

"为什么？"

"这是一个提醒你自己冷静下来的口令。妈妈告诉我的弟弟科顿，每次特别想在墙上画画时就说'芜菁甘蓝'。"

"会起作用吗？"

"有时吧。"

这大概是我听过的最愚蠢的事，但是我没有说出来。当校车驶向狭窄的山路时，我们都安静了下来。窗外的景色不断变化，一开始，眼前是茂盛的松树、浓密的蕨类植物和爬满苔藓的岩石，渐渐变成了远方延绵不断的山峦，烟雾缭绕，山是深蓝色的，雾是灰色的，它们融合在一起，显得柔和极了。

"这就是为什么它们被叫作蓝岭山脉，"格斯姨夫在我到达科尔比的第一天和我说，"因为它们是蓝色的。"他接着向我解释，这种颜色是松树释放到空气中的一种物质造成的。我听不懂他到底在说什么，但是我点了点头，就好像我听明白了。

当校车驶到霍华德的家时，他拿起背包，然后对我说："记住，'菠萝'。"

我注视着他和他的弟弟走上前廊摇摇晃晃的台阶，消失在了房子里，纱门在他们身后砰的一声关上。前门旁边是一张破旧的沙发，上面罩着床罩。门廊的边缘摆着植物，已经枯萎发黄，旁边还有些种在咖啡罐中干枯的花朵。或许奥多姆一家太好心了，所以他们不在乎自己生活在一座看上去有点悲惨的房子中。

校车依旧在蜿蜒的路上嘎吱嘎吱地行驶着。就在我想着要如何告诉伯莎姨妈我的"踢人事件"时，窗外一阵骚动引起了我的注意。

两只狗在移动房屋旁边的泥土车道上打架。一只又小又黑，另一只有着棕黑相间的皮毛，特别瘦，可以算得上骨瘦如柴。旁边花园里的小女孩被吓得不停地尖叫，一个老人打开了一根水管的阀门，冲着这只骨瘦如柴的狗喷水。

"走远点！"他大声地吼。

一个女人从移动房屋里跑了出来，试图抓住那只小点的黑狗。而那只骨瘦如柴的狗大声吠叫，然后突然跑了起来。它贴着路边，紧跟校车跑了一两分钟，它的长耳朵在微风中拍打着。我把脸贴在车窗上，看着它沿着车道飞奔，然后一扭身消失在了树林里。

几分钟后，当我在格斯姨夫和伯莎姨妈家门口下车时，我低头看了看这双鼓手长靴。杰吉穿着它们时总是很漂亮，而换成我穿就看起来很愚蠢。那些女孩笑话我是对的。

熟悉的愤怒感像毯子一样包围着我，这次我在生气自己像一个没人要的输家。我跺了跺脚，将一块石头踢进车道旁的杜鹃花丛中。

接着，在走进格斯姨夫和伯莎姨妈家前，我呢喃着"菠萝"。

第四章
流浪狗

　　我以为伯莎姨妈会因为我踢了人而生气，可她竟然只是抱着我说："明天又是新的一天。"接着，她还轻轻捏了我一下，补充道："就我个人而言，我很喜欢那双靴子。"

　　她竟然只字未提我的不当行为，如果换作我妈妈，她会向我大吼大叫，无数次提醒我：我就是一个和"炮筒子"一样的"麻烦制造机"。

　　那天晚餐后的甜点是蓝莓派，我在餐桌前许下了我的愿望。如果把一块派的尖头切掉，留到最后吃，你就可以在吃的时候许下一个愿望。这是从我的表兄梅尔文那里学到的许愿方式。当他哥哥离开家结婚，把卧室留给他一个人住时，他发誓说正是因为许愿方式正确，所以他独享卧室的愿望实现了。

　　我知道格斯姨夫和伯莎姨妈正看着我从派的尖端切下一块，然后放在盘子的边缘，但是他们什么都没有说。连伯莎姨妈在晚餐时都变得安静了些，我猜她实际上对于我踢了奥德丽这件事很生气，她可能会认为，有其父必有其女。也许，今夜他们躺在床上时会和对方耳语，说我有多像"炮筒子"，以及他们同意让我和他们一起住是件多么让人懊悔的事。

　　在我吃掉了派的尖端并许下了一个愿望后，我走到了花园里，看着格斯姨夫收拾他的花园。一只长毛黑猫在我腿上蹭来蹭去，发出呼噜呼噜的声音。我用一根小木棍在泥土上写下了我的名字，又把它涂掉了。整个院子中没有一棵杂草，只有泥土和石块，以及无处不在的漂亮色块。几簇野花顺着晾衣绳的柱子蜿蜒地爬到了半空中，车道旁的山茱萸开满了粉红色的花，一排黄水仙如同士兵一般，沿着花园的铁丝网整齐地站在那里。

　　豆角和西葫芦从温暖的春土中探出头来，格斯姨夫吹着口哨，小心翼翼地踩在它们中间，给旁边的番茄苗松土。在我来到科尔比的第一天，伯莎姨妈就对格斯姨夫说："我们带查理参观一下花园吧！"那天我跟在他们身后，听他们讲每一株植物的故事。他们告诉我豆角如何爬上麻绳，西葫芦如何开出硕大的黄色花朵。我点了点头说："哦。"对着花园里的这些蔬菜，我还能说些什么呢？但是对于格斯姨夫呢？对他来说，这里就是伊甸园。他小心翼翼地检查秋葵枝上的每一片新叶，或者移走小径上的南瓜藤。

当我在红土地上乱涂乱画时，格斯姨夫吹着口哨，锄着地，他时不时拉一下帽檐，又或者挥挥手赶赶蚊子。我能听到伯莎姨妈在厨房中一边喂猫一边和它们聊天，责备一只猫猎杀了小鸟，又吐槽另一只猫实在是太胖了。

我准备回屋，突然，我被什么东西吸引了注意力。灌木丛中传来了动静，就在院子和树林中间。那只黑猫飞快地跑开了，消失在花园的棚屋后面。我站定在原地，眯着眼睛望向漆黑的树林。突然，一只狗从灌木丛后探出头来，它骨瘦如柴，毛色棕黑相间，两只长长的耳朵垂下来。它就是那天下午我看见的那只打架的狗！

它看着我，歪了歪头。我蹑手蹑脚地向它挪了一步，它微微低下头，凝视着我。在我试探性地又向它迈了一步时，它如同闪电一般飞奔回了树林中。

"真是的！"我说。

"你说什么？"格斯姨夫在花园里喊道。

"刚刚那里有一只狗。"我指了指灌木丛。

"棕黑相间的？耷拉着耳朵的？"

"是的,"我说,"你看到它了吗?"

"没有,但是我以前见过它很多次。"

"它是谁家的狗?"

格斯姨夫把锄头靠在栅栏上,然后坐在了院子里的草坪椅上。"只是一只老流浪狗,"他说,"在附近待了好几个月了。伯莎不停地给它放一些剩饭。它不介意吃她的肉饼,但好像不想和她有任何瓜葛。"

我望向树林,说:"我打赌我可以抓住它。"

格斯姨夫摘下了他的棒球帽,挠了挠头。"那个老家伙可很难抓。"

"如果我能抓住它,我能收养它吗?"

"我觉得它更愿意当一只流浪狗。"他回答。

但我更懂它——我知道流浪是什么感觉,没有家,没有人需要你。它是一个斗士,就像我一样。那只狗和我有很多共同点,我突然对它充满爱。

就在那时那地,我对自己发了一个重要的誓言——那只瘦狗将成为我的小狗。

第五章
一天比一天糟

　　我以为周末的到来会让我很开心，因为我终于可以不去上学了，但是伯莎姨妈告诉我，周日我们要去教堂。

　　从小到大，我去教堂的次数并不多。"炮筒子"是肯定不会去的，他称那些人为"假善人"和"圣经狂"。妈妈带我和杰吉去过一段时间，但我记不清什么了，只模糊记得杰吉在去教堂的路上一直嘟囔和抱怨，直到妈妈拍了拍杰吉的腿让她闭嘴。再后来，妈妈不能开车了，因为她总是过于紧张。她开始整天窝在家里，甚至不肯脱下浴袍或者梳一下头发，那以后我们就再也没有去过教堂了。

　　周日早晨我走进厨房时，伯莎姨妈把我从头到脚看了一遍，说："天哪，亲爱的！"她在围裙上擦了擦手，问："你有裙子吗？"

　　我低头看了看我过短的牛仔裤，还有上身那件曾经属于杰吉的 T 恤，摇了摇头。

　　伯莎姨妈搓了搓手，说："好吧，没事，这周我们会去购物的。"

　　接着，格斯姨夫走进了厨房。

　　我几乎没有认出他来。格斯姨夫竟然穿上了西装外套，还系上了领带！关键是——和往日那双泥泞的靴子不同，他换上了一双系鞋带的黑色软皮鞋，擦得锃亮。我想，他这个样子甚至可以冒充罗利那些有钱的银行老板了，当然，前提是忽略他指甲缝中的泥土以及被棒球帽压扁的头发。

　　格斯姨夫坐在了厨房的桌子旁，伯莎姨妈吻了一下他的脸颊，说："你今天很帅呢！"这让姨夫脸红了起来，把姨妈放在他肩膀上的手拿了下去，还不停地拽自己的衣领，擦拭从后脖颈淌下来的汗。

　　早餐之后，我们下了山，去了罗基溪浸信会教堂。

　　一进门，我就明白了早上姨妈看到我时为什么会说"天哪，亲爱的！"——教堂中的其他所有女孩都穿了裙子，除了我。我没有抬眼看任何人，不用照镜子都知道自己的脸又变红了，看来今天穿牛仔裤是一个彻底的错误。

　　我们一起坐在了教堂的硬木凳上，我被夹在伯莎姨妈和格斯姨夫之间。当风琴手奏起教堂音乐时，越来越多的人从外面拥入，他们微笑着，点头相互示意。伯莎姨妈戳了戳我，小声对我说："那是奥多姆一家。"

我抬眼，看见霍华德和他的家人走向对面的长椅。那是五个头发梳得整齐的男孩，他们穿着礼拜日的鞋子，把脚跺得很响。他们的妈妈正和身边的大人聊天，询问他们家生病的奶奶的情况，时不时还要拍一拍自己的孩子，而他们的红发爸爸则一直用手帕擦着脸上的汗。

礼拜过后，孩子们都要去主日学校上课。可以想象当我看到奥德丽·米切尔时有多惊讶，她睁大眼睛看着我，仿佛我是刚从宇宙飞船上走下来的火星人。我恨不得坐得离她越远越好，还好霍华德一瘸一拐地走了进来，坐在我旁边。

主日学校的老师是麦基太太，头发花白，满脸皱纹，一分钟都没停顿就告诉大家我叫查理·里斯，让大家欢迎我加入他们的教会家庭。她接着教了我们一首歌，叫《老好人挪亚》。霍华德唱歌的声音比任何人的都大，我觉得这很尴尬，但似乎并没有人在意他。

在那之后，麦基太太带我们玩了一个叫作"圣经侦探"的游戏，她会问大家侦探卡片上的问题，只要我们答对了一个，就会得到一个"圣经币"。当你有足够的圣经币时，就可以把它们兑换成奖品。

麦基太太念题的时候，男孩们都会坐立不安，女孩们则穿着裙子窃窃私语，咯咯地笑着，而我穿着难看的牛仔裤保持沉默。

"参孙①的头发编了多少根辫子？

"谁在下雪天下到坑里去杀狮子？

"在哪一本书、哪一章、哪一节诗中，我们读到选美比赛的获胜者成了女王？"

霍华德的手次次都举起来，而我知道我肯定不会赢得圣经币。

主日学校的课程结束后，所有的大人和孩子都聚集在联谊大厅里。伯莎姨妈带着我到处炫耀，就像我是选美冠军一样，把我介绍给每个人，说她和格斯姨夫遇到我是多么幸运。大家都点头说"这不是很好吗？"诸如此类的话，但我敢打赌他们一定在想为什么我的父母不能照顾我，以及难道我不知道女孩不能穿牛仔裤去教堂吗？

在伯莎姨妈将我介绍给霍华德的妈妈时，她抱住我说，霍华德和她提到过我。她接着伸长脖子，环视了一下大厅，说："奥多姆先生一定在外面。我抓不到我的那些

————————

① 《圣经》中的人物。

野孩子，没办法向他们介绍你了。"

奥多姆家的男孩在大厅里追逐打闹。他们的领带松了，衬衫的下摆也从裤子里跑了出来。在霍华德向大家展示他得到的圣经币时，这些男孩纷纷从盘子里拿走了布朗尼蛋糕。

"你随时可以来我家玩，好吗？"霍华德的妈妈说。

伯莎姨妈冲着我笑了一下，问："查理，这是不是很好？"

我点了点头，说："是的，女士。"我知道我应该这么说。

当我们终于爬进汽车，汽车开在回家的山路上时，我紧盯着沿途的树林和村落，希望能再次看到那只流浪狗，但是我的希望落空了。不过，我看到了一卡车的干草，杰吉的朋友凯西告诉我，在看到一辆装满干草的卡车时数到十三，就可以许下一个愿望。于是，现在我就这么做了。

学校的生活似乎一天比一天糟。

我的作业全部被威利贝老师用红铅笔做了记号，上面写着"来找我"和"再试一次"之类的批注。

有时我甚至不做作业，因为这看起来像是在浪费时间，我坚信我不会在这里待太久。

伯莎姨妈偶尔会问我有没有作业，我很擅长耸耸肩，然后转移话题。

再说了，我已经习惯了这种一片红的试卷，因为在罗利的时候，我也算不上什么三好学生。杰吉是唯一一个会因为我不写作业或不去学校而大惊小怪的人，但是我提醒她，她并不是我的妈妈，所以应该少管我。当老师的电话打进家里，告诉妈妈我数学考得有多差，或者问我为什么没有交读书报告时，妈妈会崩溃地大喊大叫，滔滔不绝地说上五分钟，然后举起她瘦弱的手臂，长叹一声："有什么用呢？"然后穿着拖鞋走出房间，嘴里还嘟囔着自己不该受到这种折磨。

在罗利时，我最起码在学校里有朋友。但是在这里，当我坐在学校食堂的椅子上时，女孩们会做出闻到臭味的表情，把盘子从我身边挪开。大多数时候，我会假装肚子疼，整个下午都待在医务室里，用记号笔在手臂上画很多的星星和爱心。

课间休息时，霍华德跟着我到处跑，提醒我他是我的新生伙伴，并且像连珠炮似的问我问题：

"你去监狱探望过你爸爸吗？

"你的姐姐为什么不在这里？

"你想要一些我的圣经币吗？"

有时我会回答他，有时我不会。

霍华德的特点是，任何事情都对他毫无影响，似乎没有什么能让他烦恼。很明显，学校里没有人想和他有什么瓜葛，但他并不在意。他的弟弟德怀特总是和一群骂人、打架、扔球、碰拳头的男孩在一起玩，但霍华德从不加入他们。有几次我和格斯姨夫、伯莎姨妈骑车进城，我看到霍华德的哥哥伯尔和伦尼在和朋友们扔橄榄球或打篮球，而霍华德则坐在台阶上，在笔记本上乱写乱画，或者在车库旁摆弄他的自行车。

一天，我们又开车经过霍华德的家时，伯莎姨妈谈起了他："那个可怜的孩子太不合群了。"

"这没什么错。"格斯姨夫说。

伯莎姨妈摇了摇头，说："对孩子来说不是这样的，孩子需要朋友。"伯莎姨妈叹了口气，接着说："我不明白他为什么没有朋友，他明明非常可爱。"

"我敢打赌，这是他走路一瘸一拐的缘故。"我说。

"这也太刻薄了，"伯莎姨妈转过身来面对着我，"你会在科尔比交到很多新朋友的，查理，这一点我很肯定。"

我盯着窗外，假装压根没在听她滔滔不绝地讲我能做什么，比如参加女童子军活动和夏令营。她告诉我她的朋友乔妮尔住在美景镇，有一个和我一样大的女儿。如果我愿意的话，我们可以找个周六去看她们，或者我们可以去阿什维尔的购物中心。她没完没了地说，就好像我在科尔比的生活如同住在迪士尼世界一样。

"伯蒂，你会把她的脑袋说晕的。"格斯姨夫说。

伯莎姨妈笑了出来，开玩笑地拍了拍姨夫的胳膊。

"你觉得那只狗会在哪里？"我问格斯姨夫。

"它可能会在任何地方，"他说，"那只流浪狗总是到处乱跑。"

我一直在到处寻找那只流浪狗。那天在姨妈家见到它后，我又见过它两次，但是每次它一看见我就跑进了树林里。

"我可以告诉你，它肯定喜欢我做的肉饼，"姨妈说，"它把平底锅舔干净，然后飞快地跑走了，我几乎连一眼都看不到它。"

我向后靠在了椅背上，叹了口气，我可能永远也抓不到那只狗。

但是万一我抓到了呢？我真的能留下它吗？妈妈很可能会大发雷霆。我敢打赌，"炮筒子"会从监狱里给她打电话，告诉她不要再哭闹了，如果我想养狗，就让我养一只吧。

当我们驶上通往城镇的主干道时，我看到一匹黑马在田野里吃草，还甩着尾巴赶苍蝇。我朝它摇了三下拳头，许了个愿，这用的是黑马许愿的规则。如果你看到一匹白马，就直接许个愿吧，但对于一匹黑马，你必须对它摇三下拳头。这招是我从"炮筒子"那里学来的，这个方法我有点怀疑，但我还是照做了。

　　我摇了摇拳头，许下了我的愿望。

第六章
烦恼

几天后，威利贝老师打电话给伯莎姨妈，说我学习态度不好。那天在学校，威利贝老师问我如果有三分之二个馅饼，我把一半分给姐姐，那么分出的这些和整个馅饼的比例是多少？我告诉她我不会把我的馅饼分给姐姐。大家都笑了，除了威利贝老师。她盯着我，脸涨得通红，双唇紧闭，眼睛眯成了两条小缝。

那天下午她给伯莎姨妈打电话时，我正躺在格斯姨夫的安乐椅上看电视，一只叫弗洛拉的橘色肥猫蜷缩在我的腿上。

我听见伯莎姨妈说"她这样说的吗？"和"我的天哪！"，接着她放低了声音，我只能听到厨房里传来零碎的声音：

"……一段艰难的时光……

"……想念她的家人……

"……对她来说太艰难了……"

然后伯莎姨妈挂了电话。在她走进来坐在长沙发上时，我一直盯着电视。

"是威利贝老师的电话。"她说。

电视里，一个语速很快的男人正在往地上倒巧克力酱，然后用神奇拖把把它们拖得干干净净。

"她告诉我你在学校里有一点点粗鲁。"伯莎姨妈说。

现在电视里的男人开始展示买神奇拖把送的那套免费刀具。

然后，伯莎姨妈开始说她知道我一定很沮丧，因为我的家庭已经破碎了。当然，她没有用"破碎"这个词，但意思差不多。她说她知道妈妈现在的样子看起来一定很可怕，她还说知道我很担心"炮筒子"，知道我很想念杰吉。

我盯着电视上正在拖地的男人，在脑中默念"菠萝，菠萝，菠萝"，但是霍华德愚蠢的方法并没有起任何作用，因为下一秒我就忍不住了，接下来，我能记住的就只有我对着伯莎姨妈咆哮的画面。我凶狠地让她别多管闲事，谁会在乎那个支离破碎的家庭？反正我不在乎，我真的不在乎。

很多话不断地从我嘴中喷涌而出，越来越快，越来越大声："我讨厌科尔比，讨厌那些乡巴佬同学，讨厌悬在山上摇摇欲坠的旧房子，讨厌我屋子里的罐头瓶，更讨厌那对灰姑娘的枕套！"

然后我大步走了出去，纱门在我身后"砰"的一声关上。我尽量不去想伯莎姨妈坐在沙发上，那种心脏仿佛被刺了一刀的样子。

我怒气冲冲地跑进院子，跑向大路，两只猫被我生猛的样子吓得跳了起来。我踢泥土，拽树叶，把石头扔进树林。当我光着脚跑向马路时，我甚至不在乎脚下的沥青路是那样滚烫。愤怒在我体内翻腾，让我的耳朵嗡嗡作响，胃里翻江倒海。当我反应过来时，我已经坐在了马路边的泥土里，哭得上气不接下气。

我身上到底发生了什么？为什么我会对伯莎姨妈说出那么恶狠狠的话？为什么我在学校的表现如此令人讨厌？我傻傻地坐在路边，沉浸在满心的自责中，突然听到耳边有人说话："查理，发生了什么？"

我抬头，看见霍华德推着他的自行车站在我的面前。

我把头埋进了膝盖里，咕哝道："没什么。"

"肯定发生了什么。"他说。

"走开。"

"别这样！"霍华德把自行车放在了路边的杂草中，然后并排坐在了我的身边，"你得告诉我发生了什么。"

"我没有义务把什么事情都告诉你。"我说。

"那你就得告诉别人。"他推了推眼镜。

"为什么？"

"我妈妈说永远不要把烦恼憋在心里，如果你把烦恼分享给了其他人，烦恼就会变得小一些。"

"走开！"我说。

"你又踢了别人吗？"

我摇了摇头。

"用铅笔戳了别人？"

"没有！"我大声吼道。

"我妈妈做了一个十字绣的牌子，上面写着：'如果把所有人的烦恼都挂在一根绳子上让你选，你还是会选择你的，我依然会选择我的。'"

我抬起头，盯着他问："什么意思？"

"意思是每个人都会有烦恼，有人的烦恼比你的更糟。"他拽起一棵草，然后扔到了路上。"反正差不多是这个意思吧。"他补充道。

好吧！真是个好主意。我想象不到谁的烦恼会比我的更糟。我盯着霍华德，他的眉毛拧了起来，脸上带着纯粹的担忧。不知不觉间，我一股脑地把所有事情都告诉了他。我告诉他我是多么希望"炮筒子"不在监狱，我曾和他一起打牌，一起看电视剧，一起吃通心粉和奶酪。我告诉他，每当妈妈在一片漆黑的房间里捂着枕头哭时我有多么害怕，她一点都不在乎我有没有干净的衣服，也不在乎我有没有去上学。我告诉霍华德，我妈妈和"炮筒子"每一天都会向对方大声抱怨，我和杰吉坐在床上，把收音机开得很大声，这样我们就听不到他们吵架的声音了。我还告诉他，多少次我从卧室的窗户里看到"炮筒子"开车离开，轮胎吱吱作响，碎石飞扬，而妈妈则站在前廊，大声喊着："终于摆脱了你这个坏家伙。"我告诉他，我有多想念杰吉，她几乎对收音机里的每首歌的歌词都了如指掌，还会给我编法式辫子，和我分享她的指甲油。

最后我还将刚刚对伯莎姨妈说出的那些狠话告诉了他。

当我停下来时，寂静笼罩着我们，如同一层面纱一样，安静而柔和。太阳已经沉到了遥远的山尖上，空气凉爽起来。

有那么一分钟，我觉得霍华德或许因为我告诉他这些事情而感到尴尬，所以不知道说什么了。我开始希望——我从来没有像刚才那样和他分享无尽的烦恼，但是此刻他只是盯着我，过了一会儿说："想听听我的建议吗？"

"嗯……好吧。"我不知道该说什么。

"关于'炮筒子'和所有远在罗利的人，你做不了任何事。"他说，"你唯一可以补救的就是你刚刚对伯莎阿姨做过的事。"

我觉得他是对的。我没办法修复自己一团乱的家，但是我可以试着和伯莎姨妈和好。我站了起来，把屁股上的泥土拍掉。就在抬头时，我简直不敢相信自己的眼睛：那只棕黑相间、耷拉着耳朵的狗就站在树林边上！

我把手指放在唇上："嘘。"

那只狗看着我，歪了歪脑袋。

"别动。"我用气声和霍华德说。

我慢慢地冲着它挪了一小步，猜猜发生了什么？

它摇了摇尾巴！两小下，但我感受到了，那只狗喜欢我。

"你好，小狗。"我说着，又挪了一小步。

可是突然，一辆汽车顺着马路飞驰而来，从我们身边呼啸而过，那只狗转身跑进了树林中。

我跺了跺脚："见鬼了！"

"我以前见过那只狗。"霍华德说。我差点忘了他也在这里。

"它是我的。"我说。

"真的吗？"

"好吧，它未来一定会是我的。"

"我敢打赌它全身都是虱子，"他说，"而且它可能得了兽疥癣，流浪狗都有兽疥癣。"

"那又怎么样？"我说，"它的名字叫愿望骨。"这名字一说出口，我觉得就是它了，嗯，我的小狗叫愿望骨，真是个完美的名字。

"我要去抓住它，"我说，"然后我会给它洗澡，帮它除掉虱子，教它学会动作，让它和我一起睡在床上。"

"我会帮你抓住它的。"霍华德一边说，一边从杂草中搬起了他的自行车。

"真的吗？"

"当然。"

刹那间，霍华德似乎变了。他不再是那个爱管闲事、走路一瘸一拐的男孩了，也不会为了做我的新生伙伴而把我唠叨得半死，他看起来更像是一个真心对我好的人，一个我可以与其分享烦恼的人。

我看着他骑上自行车，朝着他家骑去，然后我朝树林里喊了声："再见，愿望骨！"

我赶紧转身回家，去和伯莎姨妈和好。

第七章
妈妈的照片

我到家的时候，天已经完全暗下来了。格斯姨夫那辆旧车停在门口的车道上，意大利面酱的香味透过纱门飘了出来。

当我穿过院子往里走时，脚重得和煤块一样。更重要的是，此刻我只想回到我的房间，仿佛这一天什么都没有发生过。

但我没有这么做。

我把一只沉重的脚放在另一只脚的前面，一步步挪到后门廊，格斯姨夫和伯莎姨妈正坐在那里望着外面的山景。

"嘿。"我努力张开了嘴，声音听起来像婴儿在哼哼唧唧，我的眼睛一直盯着门廊上被树叶盖满的地板。

"嘿，你好。"格斯姨夫回应了我。

我不敢看伯莎姨妈，但她的沉默给了我很大的打击。我坐下来，凝视着我在胳膊上画的那些褪色的爱心和星星。树林深处的某个地方传来牛蛙的叫声，浑厚的声音回荡在凉爽的晚风中。

我在心里数到三，然后说了出来："对不起，伯莎姨妈。"

我做了一件自己曾经认为绝对不会做的事情。

我哭了出来。

我发誓，无论当时我多么努力，都无法停止哭泣。

最糟糕的是，我无法让自己告诉伯莎姨妈那些在脑海中练习过的话，比如我不是故意吼她的，我是多么不讨厌这座坐落在半山腰的房子，那里有飞马座在门廊之上熠熠生辉。还有我真的不介意那些罐头瓶，更重要的是，我是多么地喜欢灰姑娘，谁不喜欢呢？

但我所做的只是哭泣，然后，我没有想到，伯莎姨妈蹲跪在了我面前，把她温暖的手放在了我沾满墨水的胳膊上。

"你的到来是给这个家庭的恩赐，查理。"她说。

恩赐？

她应该说我卑鄙、可恨、愚蠢、糟糕，但她说我是恩赐。

然后格斯姨夫站起来，说了句完美的"格斯话"。

"我们晚饭前吃点黑莓馅饼吧。"

这就是那晚发生的事情。

当星星开始在卡罗莱纳的天空中闪烁时，我们三个人坐在门廊上，吃着晚饭前的黑莓馅饼。伯莎姨妈告诉我们，有天下午她的朋友拉辛如何倒车撞上邮局的旗杆，然后若无其事地开车离开。突然，一颗橡子从悬在门廊上方的橡树枝上掉了下来，正好落在我的脚边。

我跳起来去捡它，险些把馅饼弄翻了。我差点没许个愿就让这一天白白溜走了，现在这颗橡子就像从天堂上掉下来的一样。我犹豫了一下，继续做了我必须做的事：转了三圈，紧紧抓住那颗橡子，许了个愿。

然后，我回到了自己的房间，把橡子放在窗台上。我会把它放在那里三天，以确保我的愿望会更强烈。这是我在罗利的女童子军首领告诉我的"橡子愿望"，这可绝对不是谎言，因为女童子军的首领是不会撒谎的。

晚饭后，我们又吃了些黑莓馅饼。格斯姨夫又去花园了，他要确保洒水器已经关闭，这时候，伯莎姨妈说："待在这儿，查理。我想给你看样东西。"

她回到自己的房间，回来时拿着一个破鞋盒。她打开盖子，说："看！"

我往里面看了看，是照片。

伯莎姨妈翻了翻，拿出了一张照片，笑了笑，把它递给了我。

"你妈妈和我。"她指着照片背后的笔迹说。上面写着**"伯莎和卡拉"**，是加粗的字。

我从她手中拿过了褪色的照片。

两个小女孩手挽着手坐在汽车的引擎盖上。

"哪一个是妈妈？"我问。

伯莎姨妈指了指那个小一些的女孩。我眯着眼睛看这个女孩，她缺了两颗门牙，手肘上还贴着创可贴。

我的目光无法从那个女孩身上移开，我想象着她从车上跳下来，绕着圈蹦蹦跳跳；我想象着她和她的姐姐伯莎在她们爸爸的车后座上唱歌；我想象着她们晚上在门廊上讲笑话、滑旱冰、吃冰淇淋。

这个缺门牙的小女孩，是在什么时候变成了罗利那间昏暗卧室里的悲伤女子？

"你们爱对方吗？"我问伯莎姨妈。

"当然了。"然后她又给我看了一些照片：妈妈在圣诞树旁打开礼物；她们俩在雪地里和小狗玩耍；伯莎姨妈用手推车拉着妈妈走在一条土路上。

"你们为什么不再见面了？"我问。

伯莎姨妈长叹一声，摇了摇头。"我们长大了，"她说，"长大后，生活有时会变得很复杂。"

这不是一个很好的答案，但我知道这是我唯一能得到的答案，所以我只是说："哦。"

格斯姨夫从花园回来后，我们来到了门廊上。他们手牵着手，伯莎姨妈告诉我们，14 号公路上有个老人在卡车后面卖发霉的草莓。然后她又说："查理，如果你愿意，你明天可以给杰吉打电话。"

"不，谢谢。"我说。

四周安静得我都能听到伯莎姨妈的呼吸声，我能感觉到她在看我，但我却盯着外面的树梢。

"查理，"她说，"别生杰吉的气。"

"我没有生杰吉的气。"我说，但这个谎言就像乌云一样笼罩着我们。

我是在生杰吉的气，她在电话上表现得她好像一点烦恼都没有，她一点也不关心我。

然后，我们静静地坐在那里，呼吸着夜晚凉爽的空气，听着门廊下蟋蟀的叫声。

那天夜里上床睡觉时，我躺在黑暗中，想象着晾衣绳上挂满了别人的烦恼。我很清楚，解决他们的烦恼可比我

的容易多了。他们的烦恼能是什么呢？可能会是牙疼、数学考试不及格、猫咪走失了或者剪了难看的发型，也许还有出门就坏掉的车。但这些都无法与我的烦恼相比，那根晾衣绳在我这里就像一袋砖头一样沉重。

我蹑手蹑脚地走到窗前，凝视着窗外的夜色，心想也许会看到一颗流星划过，让我可以对着它许愿。皎洁的月光照在对面的山上，也照在家中的院子里，于是四周都有了影子，影子在山茱萸周围蜿蜒而过，又沿着花园的篱笆盘旋。

我知道愿望骨一定生活在某个地方，无依无靠。我好奇它在做什么。吃从垃圾里翻出来的变质面包？沿着月光下的公路小跑？或者睡在别人的门廊下？

我希望格斯姨夫说的愿望骨就想做一只流浪狗的那些话是错的。后来，我想起了那天它对我摇尾巴的样子，我又开心了，它喜欢我，我很确定。如果它成为我的小狗，不再是一只流浪狗，我打赌它会爱我的。

我双手合十，祈祷一般对着黑暗低语："请回来吧，愿望骨。"

第八章
寻找愿望骨

　　周六，霍华德要来帮我找愿望骨，但是我得先和伯莎姨妈去买点东西。

　　"我好久没去阿什维尔了。"伯莎姨妈说着，坐上了格斯姨夫的旧车。随着轰隆一声，一股黑烟从排气管中飘了出来，在院子上空弥漫。

　　在我们蜿蜒下山的路上，伯莎姨妈滔滔不绝地说个不停，一直到我们开上高速都还在讲故事。她告诉我，有一次她和格斯姨夫去露营，一只熊宝宝钻进了他们的冷藏箱，偷走了他们的热狗。

　　"你能相信吗？"她说，"一只熊在吃热狗！"

　　伯莎姨妈还告诉我她有多讨厌蛇。有一次，由于一条小小的棕色袜带蛇溜进了屋子，伯莎姨妈去她的朋友乔妮尔家待了将近一周，直到格斯姨夫发誓说蛇已经不见了。

然后伯莎姨妈笑到几乎停不下来，又告诉我有一次一个叫阿瑟·克鲁格的家伙喝醉了，在教堂野餐时掉了假牙。

"我甚至都不愿去想那些牙齿会掉在哪里，"她边说边擦了擦眼睛，"从那以后，我很确定，我再也没有吃过土豆沙拉。"

我想我得打断她一下，于是我逮住机会插嘴，问："那你和妈妈是怎么回事？"

"什么意思？"

"给我讲讲你们的故事吧。"

"哦，好吧，嗯，让我想想……"

我等待着，盯着她的脸，发现她在寻找合适的故事告诉我。

"我大概十岁的时候，"伯莎姨妈说，"我想想，那时卡拉大概七岁，我们整个夏天都在做毛线手镯去卖，这样我们就可以买小鱼了，我们的叔叔在那个夏天送了我们一个漂亮的鱼缸。"

毛线手镯？

我不明白妈妈为什么从来不教我如何做毛线手镯。

"然后，"伯莎姨妈接着说，"住在我们街对面的那个坏男孩，把所有的手镯都扔到了我们前院的胡桃树上。它们高高地挂在树枝上，我们没办法弄下来。"她摇了摇头说："是不是很烦人？"

"那你们是怎么应对的？"

"嗯，这就是我讲这个故事的原因，因为这举动太'卡拉'了，"伯莎姨妈说，"她大步走到那个男孩面前，狠狠地咬了他的手，那个男孩大叫起来，就像她用屠刀砍下了他的手一样。然后他哭着跑回家，而卡拉追着他怒吼着。"

伯莎姨妈咯咯地笑了。"这个女孩有点脾气。"她说。

有点脾气吗？

也许我的脾气根本不是从"炮筒子"那里遗传的，而是源自妈妈。

我犹豫了一下，但最终决定问出来："那你们为什么就不见面了？"我希望这次她能给我一个比以前更好的答案。

伯莎姨妈凝视着前方的道路。"好吧，你知道，当我们成为青少年的时候，我们总是忙这个，忙那个，反正总有各种各样的事情。然后她从高中退学了，下一件我知道的关于她的事情，就是她跑到罗利去了。"

"可为什么你们现在都不见面呢？"

伯莎姨妈抿紧嘴唇，瞟了我一眼。"这有点复杂，查理。"她说。

又来了，又出现了另一个不太好的答案。

于是我们一路沉默地驶向阿什维尔。在商场里，我忍不住想起了杰吉。过去我们常常整天在商场里闲逛，从一家商店到另一家商店，试穿那些爸妈从来不允许穿的露脐装和超短裙。我们挑着各种耳环，准备以后打了耳洞来买。我们还在化妆品柜台前给对方喷香水的试用品。

"我们去西尔斯百货商场给你挑挑去主日学校穿的衣服吧！"伯莎姨妈说。

我们整个上午都在购物，当回到科尔比的时候，我有了两条新裙子和一件淡紫色的羊毛衫。伯莎姨妈觉得其中一条裙子去教堂穿可能太短了，但她还是给我买了下来。

我们回到家时，霍华德正坐在花园旁边的一把草坪椅上，看着格斯姨夫修理篱笆。

"嘿，这里！"伯莎姨妈喊了一声。

当我把购物袋从后座取出来的时候，霍华德一瘸一拐地朝车子走了过来。

"嘿。"他对伯莎姨妈打招呼，然后转向我说："我画了一张地图。"

"做什么用的？"

"帮助我们寻找愿望骨。"霍华德从口袋里拿出一张折叠起来的笔记本纸给我看,"我想我们可以标记我们找过的地方,这样可以帮助我们跟踪。"

我耸了耸肩,说:"好吧。"

伯莎姨妈伸手去拿购物袋。"我来把它们拿进屋。"她说。

我和霍华德则向大路走去,凝视着乱成一团的灌木丛,眯着眼睛盯着沿途暗色的树林。霍华德觉得我们应该检查一下昨天见到愿望骨的那条小路。

"我打赌愿望骨经常在那里闲逛。"他说。

"也许吧。"我把一些高大的杂草推到一旁,跳过路边的浅沟。"但格斯姨夫说它可能会去任何地方。"我补充说。

我们爬过倒下的树,穿过带刺的藤蔓,四处寻找,连愿望骨的影子都没看见。不一会儿,我们就又热又累了。于是,霍华德拿出他的地图和一支短粗的铅笔,在我们找过的地方做了标记。我们决定今天就到此为止。

第二天,我穿着新裙子走进主日学校,扑通一声坐在奥德丽旁边。我说:"嘿。"但她表现得好像我是隐形人一样,我猜她忘了我是她教会家庭的一员。

那天,大家又玩了一次圣经侦探游戏,霍华德的圣经币又多了一笔。我无法理解他怎么会知道那么多知识。

摩西①的兄弟叫什么名字？

一天中乌鸦为以利亚②送多少次食物？

奥德丽举起手回答的次数几乎和霍华德一样多，她摇晃着手镯，说道："我知道！我知道！"

游戏结束后，麦基太太告诉我们要去装饰联谊大厅的布告栏，那里将被称为"我们的恩典花园"。

"我们要造一个花园来展示我们所受的恩典。"然后麦基太太还强调，我们要用纸做花，在每朵花上写上所受的恩典。

我承认我不太清楚那是什么意思，但我跟着其他人拿了彩纸、胶水和剪刀。我做得很慢，希望能看到别人是怎么做的。果然，奥德丽完成了她的第一朵花，那是一朵黄色的大雏菊。她接着用蓝色蜡笔在其中一个花瓣上写了几个字：我的家人。

胃被挤压的感觉马上传了过来，我感到我的脸在发烫。我把手放在腿上，这样就没人能看到它们在颤抖。

那朵黄色的雏菊放在我面前的桌子上，提醒着我，我

---

①《圣经》中的人物。
②《圣经》中的人物。

不属于这里。它让我知道，即使我穿着新裙子在教堂里，我也没有得到恩典。

"我可以离开一下吗？"我对麦基太太说，甚至没来得及等她回答，我便匆匆走出房间，来到外面的停车场。

就在我开始为自己感到难过之前，好事发生了！我看见一只红色的鸟——又大又亮的红色凤头鸟，就站在马路对面的电话线上。

我闭上眼睛，吐了三口唾沫，许下了我的愿望。

第九章
霍华德的家

第二天早上，霍华德在校车上说："明天放学后到我家来，我有个计划。"

"什么计划？"我问。

"一个抓住那只狗的计划。"

"愿望骨，"我说，"它的名字叫愿望骨。"

霍华德咬了一口他带上校车的烤面包。"无所谓，"他说，"我们需要一个比那张地图更好的计划。"

"我不明白为什么我们不能——"我立刻坐起来，抓住霍华德的膝盖说，"别动！"

他睁大了眼睛，问："怎么了？"

"摘掉你的眼镜，"我说，"动作要非常慢。"

"为什么？"

"照我说的做。"我厉声说，声音比我本来想说的要大一些。

他摘下眼镜，眯起眼睛看着我。

"这里有一根睫毛，"我指着其中一片厚厚的镜片说，"我需要它。"

"为什么？"

"用它来许个愿。"

"一个愿望吗？"

"如果你吹走一根睫毛，就可以许下一个愿望。"

我从他手里拿过眼镜，将手指按在镜片上。然后我把它举了起来，这样霍华德就能看到那小小的红睫毛了。"看到了吧？"我说。

然后我闭上眼睛，许了个愿，吹了一口气，把那根睫毛吹到空中。它消失了，可能和一团一团的灰尘、嚼过的口香糖以及被踩坏的试卷一起落在了地板上。

"你许下了什么愿望？"霍华德问道。

"我不能告诉你。"我说。

"为什么不能？"

我靠在座位上，翻了个白眼。"哦，天哪，霍华德。"我说。

"怎么了？"

我向他解释说，如果说出了自己的愿望，那么它就不会实现了。"大家都知道。"我补充说。

霍华德用 T 恤的下摆擦了擦眼镜，然后把眼镜戴了回去。

"从四年级开始，我每天都会许一个愿。"我说。

霍华德瞪大眼睛看着我说："你一定想要很多东西。"

我摇了摇头。"不是，只为一件事，"我说，"我总是许同样的愿望，每一次都是。"

话一说出口，我就开始后悔了，因为我知道接下来他要说什么，果然，他马上就说："好吧，如果你每次都许同样的愿望，那它一定还没实现。"他顿了顿说："那有什么意义呢？这在我看来有些蠢。"

我觉得我的脸变红了，那种熟悉的愤怒感开始在我的胃里翻腾。"因为总有一天它会实现的！"我喊道，引得校车里的一群孩子在他们的座位上转过头盯着我。

霍华德从眼镜上方看着我说："菠萝。"

我狠狠地踢了他的背包一脚，书包滑到了校车的过道上。我承认，当一些孩子为此大笑时，我感到一丝后悔。但霍华德只是捡起背包，拍去上面的灰尘，说："菠萝，查理，还记得吗？"

整个上午我都心情不好，抓住一切机会对霍华德怒目

而视，还在教室公用削笔刀旁狠狠地撞了他一下。我就不该告诉他我许愿的事，我从来没有告诉过任何人，现在我说了，而这听起来确实很蠢。如果从来没有实现过，为什么会有人每天都许下同样的愿望呢？也许我应该放弃。

但是你猜猜接下来发生了什么？我看表的时候正好是11点11分！于是我立刻闭上眼睛许了个愿。

从学校回家时，我对霍华德的愤怒已经消失了，我很高兴他有一个抓住愿望骨的计划。当我告诉姨妈我第二天要去霍华德家时，她高兴极了，一直念叨着和霍华德做朋友这件事有多么好，因为其他孩子对他太刻薄了。

"即使在教堂里，"她说，"你能相信吗？"

我没告诉她我当然相信，因为有奥德丽·米切尔这样的人在那个所谓教会家庭里。

第二天下午，霍华德坐到我旁边的座位上，对我说："你可以借我哥哥伦尼的自行车。"

"用来做什么？"

"这样晚上你就可以骑车回家了，比走路快一些。"他从背包里拿出一袋碎薯片，把碎渣倒进嘴里。"我有一个很好的计划，"他说，"你知道的，是关于帮你抓住愿望骨的计划。"

这不就是霍华德吗？在我踢了他的背包，像昨天那样非常无礼地对待他之后，他想的却还是怎样帮助我。

校车停在他家门前，我跟着他和他弟弟德怀特下车了，我们穿过杂草丛生的院落，走上摇摇晃晃的台阶，经过破旧的沙发后，就进入了这座看起来很悲惨的房子里。一进屋子，我眼都花了，甚至不知道该先看哪里：咖啡桌上有个仓鼠笼；角落里堆着一整套鼓；好多书和杂志挤在墙壁的书架上；某种植物栽在窗边生锈的铁桶里；地板上散落着毯子、帆布包、拖鞋、棋盘游戏的棋子和塑料碗，碗底还有爆米花仁和椒盐脆饼屑；墙上贴满了画在硬纸板上的蜡笔画，还有贴满了金色星星贴纸的学校作业纸，顶部还写着"干得好！"的标语。我看得出奥多姆太太和霍华德的小弟科顿玩的那个芜菁甘蓝的把戏不太管用，因为墙上有很多用彩色记号笔画的画。

霍华德跨过枕头之类的东西，示意我跟着他进厨房。

"妈妈，"他说，"查理来了。"

奥多姆太太从水池边转过身来，露出了很灿烂的笑脸，说："嗯，你好啊！"她在围裙上擦了擦手，用胳膊搂住我的肩膀，轻轻地捏了我一下。"霍华德告诉我你是他的新生伙伴，"她说，"还有那只愿望骨。"然后她还说格斯姨夫和伯莎姨妈是多么高兴我能和他们一起住在科尔比，还说蓝岭山脉简直是人间天堂。

　　之后，她把一个从杂货店带来的餐盒放在厨房的桌子上，里面放了一个点缀着粉色和紫色花朵的蛋糕，告诉我们可以吃一些。这下可好，下一件我知道的事就是，男孩们瞬间挤满了小小的厨房，对那个蛋糕又推又戳又抓，完全不用盘子或叉子。只要切下一片，就站在原地吃，甚至任由蛋糕屑掉在地板上，而奥多姆太太似乎一点也不介意。

　　最大的男孩叫伯尔，是唯一的黑发男孩。他说话很大声，面善，唇上长着隐约可见的小胡茬。下一个是伦尼，穿着一件沾满油污的 T 恤，长满雀斑的手臂又长又细，总是不停地打德怀特，还用胳膊肘碰伯尔。接下来是霍华德和德怀特，他们只相差一两岁，简直像双胞胎，除了霍华德戴着眼镜，走路一瘸一拐以外。最小的是科顿，脸上脏兮兮的，手指头黏糊糊的，腿上则全是擦伤、淤青和创可贴。

　　奥多姆太太用纸杯给我们盛水，挨个亲吻和拥抱每个孩子。不用多聪明也能看出，伯莎姨妈说他们一家人很善良这个评价完全正确。我也不知道为什么，我会觉得害羞，觉得自己似乎并不属于这里——屋子里很喧闹，回荡着活力和生机，每个角落都浸润着纯粹的善意。

　　霍华德和我坐在门廊的沙发上，告诉我他抓愿望骨的计划。他把这些都写在笔记本上，甚至还用彩色铅笔画了画。

"你觉得会有用吗？"我问。

"当然。"霍华德合上笔记本，把它抱在胸前。然后我们静静地坐着，看着伦尼和科顿把一个塑料桶装满石头，拖到院子的一边，他们准备在那里建一堵墙。

德怀特骑着自行车在院子里转了一圈又一圈，扬起了红色的尘土，伯尔则大喊着让他停下来，因为他想给他的卡车换油。

我和霍华德决定再找一会儿愿望骨，我们花了一个下午的时间在树林里徘徊，在路边寻找，但最后还是放弃了。

我们回到霍华德家的时候，奥多姆太太正在叫大家洗手准备吃晚饭。

"查理，留下来和我们一起吃晚饭吧。"她说。

我还没来得及开口，奥多姆太太就补充道："我会给伯莎打电话的，看看她同不同意。你的奥多姆叔叔带着一车的木材去夏洛特了，所以你可以坐在他的椅子上。"

于是我和大家一起坐在了桌子旁。我还没反应过来发生了什么，霍华德就抓住了我的右手，德怀特抓住了我的左手，所有人都低下了头，伯尔则念着祈祷词。他感谢上帝赐予我们世界上几乎所有的东西，包括他面前盘子里的魔鬼蛋。

每一个人都说了一声"阿门"，接着便开始狼吞虎咽，像一周没吃饭一样。

奥多姆太太不停地起身去厨房拿更多的猪排，倒更多的牛奶。每当经过这些男孩时，奥多姆太太会轻轻地拍拍他们的肩膀，或者轻吻他们的额头，就好像她不这么做就不会走路一般。

我开始想象如果霍华德来到我在罗利的家会是什么场景。房间里是那么静寂、黑暗。我的作业纸不会被贴在墙上，妈妈也不会亲吻我的额头，更不会有点缀着粉色和紫色花朵的蛋糕。如果霍华德留下来吃晚饭，我们就只会坐在电视机前吃猪肉、豆子，或薯片，或腊肠三明治，也没有任何人会念祈祷词。

吃完饭后，我谢过奥多姆太太，爬上伦尼的自行车向家驶去。当我骑到马路上时，我回头看了一眼奥多姆家的房子。

还记得第一天坐校车看到它时，我觉得它看起来很悲惨。然而，当我想象着所有的男孩在小厨房里被他们的妈妈爱着时，这座房子便看起来一点也不悲惨了。

第十章
我希望它属于我

回到家后，我告诉了姨妈和姨夫我们抓愿望骨的计划。

"我们要设一个超级大的陷阱，"我伸出双臂，展示陷阱有多大，"我们会用霍华德爸爸作坊里的铁丝网来做。"

格斯姨夫的眉毛一下子竖了起来。"陷阱，嗯?"

我点了点头。"嗯……算是吧。更像是那种大的狗笼子，我们要把它放在树林边上那个花园棚屋的旁边，然后我们准备把树枝、树叶和其他东西都塞进铁丝网里，这样它就能轻松融入环境中了。"

我接着解释说，我们还打算在里面放些好吃的东西，等愿望骨进去吃的时候，我们就把门关上。

"它喜欢肉饼，"伯莎姨妈说，"还有热狗、腊肠。"说着，她把晚餐剩下的几块鱼条扔在地板上，给两只猫吃。"查理，我现在不想扫你的兴，但是，如果那只狗不友好怎么办？如果它咬人怎么办？如果它得了某种狗狗会得的病怎么办？"

"它不会咬人的，它喜欢我。"我说，刻意忽略了那个关于狗病的问题。

"格斯，"伯莎姨妈说，"给查理讲讲你小时候养的那只狗。"然后她告诉我，格斯姨夫的狗叫小小斯，它过去常常抓兔子带回家给格斯姨夫和他的姐妹们玩。"有一次，它爬上一辆农产品卡车的后座，一路来到亨德森维尔。第二天，它出现在前廊上时，身上满是豪猪的刺，对吧，格斯？"

格斯姨夫点了点头。"是这样的！"

"后来有一次，它挖出了一个马蜂窝，"伯莎姨妈说，"那只狗一定有九条命，就像猫一样。"

"我也觉得它有九条命。"格斯姨夫说。

"告诉查理它是如何每天在学校外面等你的。"伯莎姨妈把一只猫抱到腿上，"还有，告诉她小小斯过去是如何从煎锅里偷到鸡肝的。"

"我们会把这个可怜的孩子烦死的，伯蒂，"格斯姨夫对我眨着眼睛说，"对不对，奶油豆？"

　　格斯姨夫有时会叫我"奶油豆"，这让我觉得自己像个婴儿，但我什么也没说。然后伯莎姨妈讲了杂货店里有个女人晕倒在麦片货架旁的事，但我并没有认真听，因为我在想愿望骨。我想象着它每天在学校等我，还会追着校车跑，就像那天我看到它打架时一样。也许司机会让它上车，因为它很聪明，而且它一定愿意给所有孩子表演把戏。

　　我想象着，它每晚都睡在我的床上，我会给它唱《老好人挪亚》。它会允许我给它穿上杰吉的罗利高中校服，甚至把它的脚指甲涂成红色。我会教它在周日早晨走到车道的尽头，在做礼拜前取回报纸。它会把兔子赶出花园，每晚都和我们一起坐在门廊上。我还是有些担心，我把它带回罗利时妈妈会发脾气，但我已经把这件事情放在一边了。

　　当伯莎姨妈进屋给我们拿了一盒全麦饼干时，我觉得我已经深深爱上了愿望骨，几乎无法自拔，我多希望霍华德的计划能够成功啊！

　　"我们一起去花园里安装洒水器吧。"格斯姨夫对我说，然后拽了拽他那顶脏兮兮的棒球帽。

　　我跟着他走了出去，三只猫在我们后面闲逛着。我帮他解开水管，并拖到了花园里。当格斯姨夫把洒水器安在上面时，我在一排排整齐的扁豆、南瓜和西红柿间蹦蹦跳跳，这些植物简直一天比一天大。我光着脚，踩在柔软的泥土上，那么温暖。突然，一只瓢虫落在我的胳膊上！我把手指放到了它旁边，让它爬上去。接着，我举起手指，低声说："瓢虫，瓢虫，飞回家去吧。"看着那只小瓢虫飞向天空时，我立刻许下了一个愿望。

那天晚上杰吉打来了电话，说她把几缕头发挑染成蓝色，现在学校里的每个人都在模仿她。

"我发誓，查理，"她说，"罗利的每个人头发上都有几缕蓝发。"

然后她告诉我，她遇到了一个在乐队里弹吉他的男孩，他的鼻子上有个鼻洞，他叫小强，而她的男朋友阿洛不喜欢他。

"小强？"我说，对于这种对话，我还能说什么呢？

但杰吉还是不停地讲，她迫不及待地想毕业，和那所学校说再见。她和一个叫谢拉的女孩可能会搬到劳德代尔堡，前提是谢拉的叔叔能在他的墨西哥餐馆给她们找份工作。但如果找不到，杰吉可能会去学校当牙医助理。

她确实有很多计划，但这些计划没有一个跟我有关系的。

"你会来看我吗？"我用听起来像婴儿般细小的声音

问道。

"当然了，查理，"她说，"只要我有时间。"

我猜她有很多时间陪小强，但没多少时间陪我。

那天晚上，伯莎姨妈在门廊上给格斯姨夫讲她的一天，而我的思绪则在树丛间飞快地转到愿望骨所在的地方。我想让它知道，它不必像我一样流浪。我希望它属于我。

然后我又想到了奥多姆一家人，我想知道他们此刻正在做什么。我敢打赌，他们此刻都躺在地板的枕头上吃着爆米花，玩着"疯狂8"纸牌游戏。我敢打赌，奥多姆太太正在把孩子们在学校里写的作业贴在墙上，告诉他们自己是多么为他们感到骄傲。然后她还不得不说"芜菁甘蓝"，这样科顿就不会再用记号笔在墙上乱画了。

格斯姨夫打断了我的思绪，他站起来伸了伸懒腰，说："该睡觉了。"

我一想到明天要在学校待一整天就感到厌烦，还有那辆讨厌的校车，当我走向有着口香糖的座位时，孩子们都在偷笑。威利贝老师总是对我皱眉头，叹气，把判过的卷子扔到我桌上。食堂里的孩子们互相扔豌豆，我像空气一样被他们无视。离假期只剩下几周了，但对我来说却好像还要过一百年。

毫无疑问，我比以往任何时候都更需要愿望骨。

第十一章
设置陷阱

第二天在学校时，时间似乎完全停止了，我被困在无休止的数学课、社会研究课和体育课上，甚至连午餐和课间休息都像在慢动作中进行。终于，放学铃响了，我飞快地跑上了校车，扑通一声坐在老地方等霍华德。他一定是那个最不慌不忙的人，即使车上的座位都快坐满了。下一件发生的事让我简直不可置信。奥德丽·米切尔正沿着过道往前走，眼睛左右扫视着，寻找一个空位。然后，她竟然坐在了我旁边，还把她的背包挡在我们之间，仿佛这样她就不会碰到我身上的"虱子"了。

"你不能坐在这里！"我说。

奥德丽对我做了个鬼脸，说："我当然可以。"

"不，你不能！"我大声地咆哮着。

她畏缩了一下，呆呆地看着我。"你不能占座，"她说，"这是规定。"

菠萝！

菠萝！

菠萝！

但霍华德的蠢招一点用都没有，因为下一秒，我就把奥德丽从座位上推到了过道上。这么做完我立刻就后悔了，大家都很喜欢奥德丽，我应该给她带糖果，告诉她她的头发有多么漂亮，而不是把她推到脏兮兮的校车地板上。幸运的是，奥德丽不像我和"炮筒子"那样脾气暴躁。她只是叫了一声，起身掸掉身上的灰尘，说我疯了，然后换了个座位。

等到霍华德终于上了车的时候，我的火气已经从沸腾降到了接近沸腾的状态。

他坐到我旁边的座位上。"你这次是因为什么发火？"他问。

我望着窗外，这样他就看不到我那张还红着的脸。

"我没有发火。"我说。

他把眼镜推到鼻子上，"哼"了一声。

然后霍华德在背包里翻了翻，翻出了半个奶酪三明治。他把奶酪拿出来，揉成一团，塞进了嘴里。接着，他对面包做了同样的事情——把它揉成面团。

当校车在科尔比的街道上行驶时，我在思考我们要制作什么样的陷阱去抓愿望骨，我即将沸腾的愤怒消失了，取而代之的是一阵兴奋感。

当我们到达霍华德家时，奥多姆太太和科顿站在门廊上，微笑着向校车司机挥手。霍华德、德怀特和我三个人都坐在门廊的台阶上。接着，奥多姆太太问我们今天过得怎么样：威利贝老师终于把电扇修好了吗？德怀特的数学考试难吗？家长教师协会又在食堂卖小蛋糕了吗？

霍华德从他的背包里抽出几张卷子，笑着塞给奥多姆太太，问："牛不牛？"

他的妈妈拿着那些卷子大惊小怪，就好像它们都是纯金做的一般。我几乎能感觉到我那批改过的试卷被塞进了背包的底部，沉重地压在我的腿上。我希望我也能有个好成绩，这样我也能说"牛不牛"了。

我其实不需要霍华德再做我的新生伙伴了，因为我认得学校的路了，也了解了校规。但霍华德不这样认为，他不断提出要帮我补习一些功课，我总是说不用，那有什么用呢？我提醒他，我不会在这所学校待太久。每次他都会露出失落的表情，然后说："你永远不会知道，你可能会留下很久。"

我张开双臂，
真想像展翅的鸟儿一样飞出门廊，
飞过树梢，飞向云端。

我没有理会，把那些惨不忍睹的卷子往背包底部塞了塞，就好像我一点也不在乎。此刻当我们和奥多姆太太坐在门廊上时，我有点后悔没有让霍华德帮我补习功课。

吃了香蕉布丁后，我和霍华德径直来到他家后面那个摇摇欲坠的车库里。我发誓，那个车库看起来仿佛下一秒就要倒下来，摇摇欲坠的大门斜挂在一个铰链上。当我们跨进去时，霍华德的爸爸从角落的工作台上抬起头来。他是那么高，以至于当他站起来的时候，我觉得他的头要从天花板上顶出去了。他有一双长满雀斑的大手、火红的头发和闪闪发亮的蓝眼睛。他的身上散发着青草、锯末和汽油混合在一起的味道。

"嘿，你好。"奥多姆先生说，他那洪亮的声音在那个小车库里回荡，几乎要把锯子和铲子从墙上震下来。

我在教堂里见过他，那时的他一边用手帕擦着汗湿的脸，一边大声唱着《当号角响起时》，但我从来没有和他说过话。当大多数人在联谊大厅里喝着咖啡聊天时，奥多姆先生和其他一些人在外面检查彼此的卡车引擎，或者在停车场看男孩们打篮球。

"来，让我看看你，"奥多姆先生对我说，"你知道吗？你和你妈妈长得一模一样。"

我的妈妈？

我没料到会这样。

"我吗？"我问。

"当然，长得跟她一样。"

"你是说伯莎姨妈？"我问。

"不，卡拉，"他说，"你的妈妈"。

"你认识她？"

"我不太了解她，"他说，"只见过她一次，嗯，一两次吧。"

"你是说在罗利？"

"不，在格斯和伯莎家。"他拍了拍衬衫前襟上的锯末，"就好像是昨天的事，但我知道，已经过去很久了。"

"哦。"这是我唯一想到的要说的话，但我的脑子却在飞快地转。妈妈什么时候去过格斯姨夫和伯莎姨妈家？怎么没人告诉过我？

"我儿子经常谈论你。"奥多姆先生对霍华德眨了眨眼睛说。

我感到我的脸颊在灼烧。

然后奥多姆先生说："所以，你们都决定要去抓那只肮脏的老猎犬，是吗？"

"是的，叔叔。"

"那只狗可是个无赖，我可以告诉你，它被科尔比的每个鸡舍和垃圾站都驱赶过了。"

"它的名字叫愿望骨。"霍华德说。

奥多姆先生轻声笑了。"嗯，这是个好名字。"

"它喜欢我。"我说。

"查理会收养它的，"霍华德说，"但我们必须先抓住它。"

于是，奥多姆先生开始教我们怎么把铁丝网钉在木头上，如何给门装上铰链，不久之后，我们就有了一个用来抓狗的完美陷阱。霍华德的哥哥伯尔从加油站下班回家后，帮着我们把陷阱装到了他的卡车后面，然后把我们送到了格斯姨夫和伯莎姨妈家。我的思绪到处乱飞，有时想着愿望骨，有时想着妈妈在格斯姨夫和伯莎姨妈家的经历。但是伯尔把收音机开得太大声了，我那飘忽不定的思绪根本没有机会在一个地方安顿下来。

到家后，我们在院子边上的灌木丛里设置了陷阱。我和霍华德马上去收集树叶和树枝，把这些放进铁丝网，而伯莎姨妈在不断地问伯尔各种各样的问题。

"你觉得你妈妈会喜欢花园里的秋葵吗？

"伦尼还在军乐队里吗？

"你奶奶做过髋关节手术了吗？"

伯尔不断地说"是的，阿姨""不，阿姨""是的，阿姨"。

最后，我们终于大功告成，我发誓，别人几乎看不见灌木丛里的陷阱。我跑进屋里，拿出我存着的一罐残羹剩饭：一块熏肉，一块饼干，一坨砂锅金枪鱼面。

我把装食品的罐子推到陷阱的角落里，然后说："好了，现在我们要做的就是等待。"

第十二章
妈妈的新生活

我和霍华德等了又等，但愿望骨一直没出现。格斯姨夫到外面来看过几次，他和我们坐在一起，嚼着牙签，抚摸着蜷缩在他腿上那只骨瘦如柴的黑猫。伯莎姨妈时不时地从前门探出头来，冲我们喊道："抓住它了吗？"

我们会把手指放在嘴唇上，冲着她发出"嘘"的声音，她会用手捂住嘴，说："哦，抱歉。"

当太阳开始消失在山后，萤火虫在花园里闪烁时，格斯姨夫慢吞吞地站了起来，说："要我开车送你回家吗，霍华德？"

"不用，叔叔，"霍华德说，"我要走了。"

我猜格斯姨夫是不是和我想到一起了，霍华德那一瘸一拐走路的样子，可能要花上一整夜才能到家。但格斯姨夫只是伸伸懒腰，说："那好吧。"然后慢悠悠地朝房子走去。

"再见。"霍华德说着，沿着车道朝马路走去。

我坐在陷阱旁边，看着格斯姨夫和伯莎姨妈坐落在山边的小房子。伯莎姨妈怎么没告诉我妈妈来过？妈妈喜欢这里吗？妈妈和格斯姨夫一起在花园里摘扁豆了吗？她帮伯莎姨妈做腌黄瓜了吗？她有没有在晚上坐在门廊上，仰望着飞马座？她是不是也跟那些罐头瓶一起睡过？

最后我决定起身走进屋。我环顾了一下客厅，看到了格斯姨夫的那把旧安乐椅，满是灰尘的桌子上摆满了杂志和咖啡杯，电视机上放着一碗塑料水果。妈妈坐过那把椅子吗？她会不会把脚搁在桌子上看肥皂剧？

我能听到格斯姨夫和伯莎姨妈在门廊上谈话，伯莎姨妈的笑声不时从纱门传进来。我想了半天还是决定走过去，坐在他们旁边的草坪椅上。厨房里透出的光在门廊上洒下一片柔和的光晕，我深吸了一口气，说："那么，我妈妈来过一次，对吗？"

他们两个面面相觑，格斯姨夫清了清喉咙，在座位上动了动身子。伯莎姨妈伸出手来，把手放在我的胳膊上。

"是的，她来过。"她说。

"哦。"我看见有一只猫在扑打一只飞蛾，那飞蛾正在门廊上飞来飞去。"什么时候？"

"很久以前了。"伯莎姨妈说。

"具体是什么时候？"

"当你还是个婴儿的时候。"她说。

"所以我也来了？"

树林的深处，一只牛蛙在唱歌，声音飘荡在山间。我们的眼前，几只蟋蟀在杂草中聊天。伯莎姨妈悲伤地看了我一眼，说："不，你没有来。"

"那杰吉呢？"我问，"她来了吗？"

"没，杰吉也没来。"

"那我和杰吉去哪儿了？"我问，"还有'炮筒子'呢？他怎么样？"

伯莎姨妈靠得更近了，她身上有一股爽身粉的味道。"查理，"她说，"你妈妈来到这里，把你、杰吉和'炮筒子'留在了家里。她半夜出现在我家门口，手里拿着一个装满衣服的垃圾袋。"

"她是来拜访的吗？"我问，其实不用问，我也知道这个问题的答案。

"不是，查理，"伯莎姨妈说，"她就这样头也不回地离开了你们。"伯莎姨妈的声音突然变得尖锐起来，那么愤怒，我从没想过她还可以这么生气。

"哦。"我说。

她继续说，声音变得更尖锐、更愤怒了。"当我问她那样离开到底是为了什么时，她直视着我的眼睛说：'我厌倦了过去的生活。我要重新开始。'"

一道炽烈的闪电照亮了山上的天空，接着是低沉的雷声。

"然后发生了什么？"我问。

伯莎姨妈深深地叹了口气。"她的新生活并没有持续太久。"

"多久？"

"几个月。"

"发生了什么事？"

"我告诉了她我对她新生活的看法，估计她不乐意听。她不想听我对一个离开家、丢下孩子的母亲的看法。于是那天她像一列货运火车一样冲了出去，飞快地回归了她以前的生活，从那以后我就再也没见过她。"

又一声隆隆的雷声在我们下面的山谷里回荡。

"我试着打电话给她，但她甚至不愿和我说话，"伯莎姨妈说，"我给你和杰吉寄了卡片和礼物，但她马上又寄回来了。过了一段时间，我放弃了。"她拍了拍我的膝盖。"我很抱歉告诉你这些事，查理。"

我耸耸肩，好像没什么大不了的，但我颤抖的下巴一定暴露了我。伯莎姨妈半跪在我面前，握住我的双手说："你妈妈非常爱你，查理。但有时，她就是迷失了方向。"

迷失了方向？我很乐意给她画张地图，告诉她怎么回到妈妈的位置上。

我凝视着下面漆黑的树林，思绪像激光一样穿过树林，掠过小溪，直达镇上的街道，一直到愿望骨所在的地方。我想让它知道我有多需要它，它和我在一起会有多么美好的生活。我一点也不在乎妈妈会不会对它大发雷霆。

"不知道今晚愿望骨会不会来吃陷阱里的食物。"我说。

"如果它不这么做，那它就是只蠢狗了。"格斯姨夫说，"我的直觉告诉我，那只狗不是傻瓜，奶油豆！"

这一次，当他叫我"奶油豆"的时候，我不再觉得自己像个婴儿，而是感觉到我的嘴角微微翘起，露出一丝笑意，尽管我刚刚知道妈妈当初就那样离开了我，我的内心一团乱。

接着，我道了声晚安，回到了我的房间。我坐在窗边，看着窗外的闪电。愿望骨，你在哪里啊？你是不是在追别人家的小鸡？或者在移动房屋旁和小黑狗打架？当然，没准现在你就在那个陷阱里吃着砂锅金枪鱼面。

我爬上床，想着妈妈。她当初的新生活应该是怎样

的？她会永远待在科尔比吗？她是要当一名学校老师，还是图书管理员，或者在黑山路上开一家美容院？她要找一个不怎么吵架的新丈夫吗？她是不是要生新孩子，并在他们放学回家的时候，送给他们一个点缀着粉色和紫色花朵的蛋糕？

但是这样想又有什么用呢？她回归了她以前的生活，她在那里，我在这里，我的家庭支离破碎，家人四处分散。

外面已经下起雨来了，起初是缓慢而柔和的，后来又快又响。风起了，吹过了纱窗，又凉又湿。我突然坐起来，心怦怦直跳。我今天还没许愿呢！我的脑子飞快地转着，想着我的可以用来许愿的事物清单。看星星的话太晚了，这里没有瓢虫，没有四叶草、硬币或蒲公英。但是，我简直不敢相信接下来发生的事：窗外远处的树林里传来一只嘲鸫鸟的歌声。听到一只鸟在雨中歌唱是我的许愿事物清单上的一项，于是我闭上眼睛许了个愿。

第十三章
抓到它了！

就这样，我在北卡罗来纳州科尔比的生活继续前进着。

我每天坐在霍华德旁边，听着校车轰隆隆地开下山；无视那些对我爱答不理的乡巴佬；周末在教堂玩圣经侦探游戏；等着愿望骨吃陷阱里馅饼烤盘中的热狗；和格斯姨夫、伯莎姨妈一起在门廊上仰望星空；当然，还有每天都许下一个愿望。

杰吉每隔一段时间就给我打个电话，告诉我她在罗利的幸福生活：她要和那个叫阿洛的男孩去参加舞会；她和卡罗尔·李今年夏天可能会在华大饼屋工作；她在脚踝上贴了一个蝴蝶图案的文身贴。

我告诉她关于愿望骨的事，以及它将如何成为我的小狗。杰吉问我是否真的认为那是一个好主意。我告诉她，是的，这是个好主意。一切就是这样。

我又见到了愿望骨三次：一次我看到它在奶制品冰站的停车场里嗅垃圾，一次它在雨中沿着 14 号公路小跑，还有一次它在布拉希溪旁的野餐桌下吃着纸袋里的东西。

还有两次我发现陷阱里的馅饼烤盘是空的，但我没有在附近看到愿望骨。幸运的是，离假期只剩下两周了，然后我就可以自由地在陷阱旁度过更多的时间，不过我开始担心愿望骨永远不会属于我。也许，现在我做的所有这些事都是在浪费时间。

"昨天晚上我听到愿望骨在叫。"有一天，当我和霍华德坐在他家门廊的旧沙发上吃冰棍时，他这样说。

"你怎么知道是它？"我问，同时看着旁边霍华德的弟弟科顿跳到院子里的牛奶箱上，橙色的冰棍汁水顺着他的下巴流到他敞露的肚皮上。

"我就是知道。"霍华德说。

"我们永远也抓不到它，"我说，"格斯姨夫说得对，它喜欢流浪。"

"不要做一个轻易放弃的人。"霍华德说。

"我不是一个会轻易放弃的人。"

"你是。"

我跺了跺脚。"我不是！"

霍华德舔了舔手上融化的冰棍，说："菠萝。"

我扑通一声倒在沙发上，把我的冰棍棒扔到了院子里，他的那个菠萝计划开始让我心烦了。

"哎呀，查理，"霍华德说，"别像个婴儿一样了。"

"我才不是婴儿！"我大声喊道。

霍华德耸耸肩，说："你的行为确实像个婴儿。"

就在这时，奥多姆太太走到门廊上，在抹布上擦了擦手。但是这一刻，我的脾气控制了我，我无法摆脱它。我再也忍不住了，大声喊道："好吧，至少我不像你那样是个吃松鼠的乡巴佬！"

然后我跺着脚走下台阶，大步穿过院子，爬上伦尼的自行车，驶向格斯姨夫和伯莎姨妈的家。一到那里，我把自行车扔在院子里，朝房子走去。但当我走到前门时，我听到陷阱那边有什么声音，我转过身去看，简直不敢相信自己的眼睛：愿望骨在里面狼吞虎咽地吃着肉饼和薯条。

我没有再浪费一秒，跑过院子，砰的一声关上了陷阱的门。愿望骨大叫一声，从地上跳了起来，然后它溜回角落里，低下头，把耳朵耷拉在地上。看起来它吓坏了，我的心都要碎了。

"嘿，愿望骨。"我低声说。

它用力推铁丝网，我都怕它会把铁丝网撞穿。

"我还有肉饼。"我说。

它歪着头。

"在这儿等着，"我说，"我会回来的。"

我插上了陷阱的门闩，赶紧跑进屋里喊伯莎姨妈。当我冲进厨房时，我们两个差点撞在一起。

她紧紧按住自己的心脏说："查理！老天爷！你吓死我了。"

"我抓到它了！"我大声喊道，"我关住愿望骨了！"

我猛地打开冰箱门，拿出一块用锡纸包起来的肉饼，跑回院子。伯莎姨妈追着我，喊道："我就知道！我就知道我的肉饼会起作用的！"

当我们到达陷阱时，愿望骨正在铁丝网旁边的地上挖，就好像它要挖一个直通中国的洞一样。泥土和石子在它身后飞溅出来。当它看到我们时，马上停了下来，又退回陷阱中离我们最远的角落。

我打开锡纸，说："我给你拿了更多的肉饼。"

它发出一声轻轻的哀鸣，轻柔而可怜。我能听到伯莎姨妈告诉我要小心，不要把手指伸进铁丝网之类的叮嘱。但我一直盯着愿望骨，告诉它不要害怕。然后我把一块肉饼塞进它身边的铁丝网里，耐心等着。

肉饼的味道飘向愿望骨时，它的鼻子抽动了一下。它站起来，又闻了闻。

"来吧，愿望骨，"我说，"这是给你的。"

它向前走了一步，眼睛一直盯着肉饼。它又走了一步，又一步，一直走到我的手边。然后它咬住那块肉饼，一口吞了下去，接着摇了摇尾巴。

一下，两下，三下。

轻轻摆尾三下，仿佛在感谢我一样。

我转向伯莎姨妈，问："你看到了吗？"

伯莎姨妈点点头说："当然。我承认我以为你会失去一两根手指。"她把手伸进围裙口袋，掏出两块咸饼干，说："把这些给它。"

我把饼干给了愿望骨，它狼吞虎咽地吃完，看着我，又摇了摇尾巴。

然后伯莎姨妈帮我找到了格斯姨夫用他的旧皮带做的项圈，我们从花园棚屋中拿出绳子，系在了项圈上。我狂奔到家里拿了更多的食物：一些麦片，一块葡萄干面包，还有几片腊肠。

接着，我又飞快地跑回了陷阱旁，伯莎姨妈紧跟在后面，喊道："等等我！"

第十四章
我有自己的狗了

愿望骨一点也不喜欢那个项圈，我给它套上以后，它像不听管教的野马一般上下蹦跶起来，把头晃来晃去。我拉着绳子，想让它从陷阱里走出来，它却一屁股坐了下来，把爪子拼命往后缩，像一头倔强的骡子。但当我效仿一些电视剧里的情节，把腊肠沿途摆放作为诱饵时，愿望骨动摇了。我设法让它跟着我，一步一步地走进了房子里。我们一进屋，伯莎姨妈就迅速地把纱门锁上，紧接着，我立刻把项圈解开。然后，我和伯莎姨妈坐在沙发上看着它。

愿望骨把这间屋子里所有值得探查的东西都嗅了一遍：前门旁边那块蓬松的绿色地毯，格斯姨夫的安乐椅，伯莎姨妈装毛线的篮子。它小心翼翼地穿过屋中的其他地方，巡视了后门的衣架，舔掉了厨房桌子下的面包屑。它发现窗台上有一只猫时，吠叫了一声。作为回应，猫咪拱起了背，发出了咝咝声。当愿望骨踏着步走开时，我几乎是松了一口气。伯莎姨妈一直担心它会去追赶那些猫，不得不承认的是，我之前也有点担心。

过了一会儿，它闻累了，蜷缩在沙发旁边陷入了梦乡。我蹑手蹑脚地走过去，坐在它身边，抚摸着它的皮毛，低声叫着它的名字。我简直不敢相信，我有了自己的狗！

傍晚，当格斯姨夫回到家，看到愿望骨坐在厨房的地板上，伯莎姨妈在做鸡肉煎牛排和黑眼豌豆沙拉时，他看起来兴奋极了。

"哟，这不是很好吗？"他说。

我一秒都不肯放开愿望骨，一会儿摸摸它的头，一会儿揉揉它的耳朵，一会儿挠挠它的肚子。

"它是不是很了不起？"我问。

格斯姨夫点了点头，回答："当然。"

"它身上带有某种味道。"伯莎姨妈说着，做了个鬼脸，"明天你得在院子里给它好好洗个澡。"

"没问题！"

明天是周六，所以我有一整天的时间陪愿望骨。我要给它洗澡，还要去遛它。也许，我该教它一些指令，比如坐下，或者趴下。我还可以带它去霍华德家——如果我不再因为他说我是"轻易放弃的人"和"像个婴儿"而生气的话。可是紧接着，我便想起我说他是吃松鼠的乡巴佬时，奥多姆太太就站在门廊上。一想到这件事，我的胃便疼了起来，脸也烧起来了。我知道霍华德是不会生气的，他就是这么善良宽容的一个人。但我敢打赌奥多姆太太现在一定很讨厌我，我坚信，她绝对不会希望我再出现在她的家里，任我那些狠话破坏他们的美好生活。

那天晚上，我把愿望骨带到了门廊上。它时不时地竖起耳朵，听树林里传来的兔子跑或什么东西发出的沙沙声。但最后，它趴了下来，把下巴搭在我的脚上，对在他周围漫步的猫视而不见。

"我觉得你找了个好朋友，查理。"格斯姨夫说。

我朝愿望骨笑了笑。"我敢打赌它会和小小斯一样好。"我说。

格斯姨夫点了点头。"我也打赌它会的。"

"你们知道我最喜欢狗的什么品质吗?"伯莎姨妈问完，格斯姨夫和我等着她回答。

"它们无论如何都爱你。"她朝愿望骨微笑着，"我是说，我知道有些人脾气古怪、傲慢自大，甚至厚颜无耻，不过他们的狗还是喜欢他们，好像他们是圣人似的，你们明白我的意思吗？"

格斯姨夫点点头说："明白。"

"我不想承认这一点，"伯莎姨妈接着说，"但我敢打赌，如果有人拿着一罐沙丁鱼走过来，我一半的猫都会跟着人家跑了，头也不回。"

我俯下身，用手抚摸着愿望骨的身体。它的毛又软又暖和，它睡觉时鼾声很轻。然后我凝视着繁星点点的天空，心中涌起一种很久没有过的感觉——感恩，我很感恩我有自己的小狗，不管发生什么，它都会爱我。

当我第二天早上醒来的时候，我做的第一件事就是寻找愿望骨，以确保我并非只是梦见它属于我。果然，它就在那里，蜷缩在我身边的地板上。我之前给它放了一个枕头，它毫不迟疑地就倒在上面了。

整个上午我都在给愿望骨洗澡，给它梳毛，摘下它尾巴上的毛刺，捉它耳朵上的虱子。我知道它不太喜欢这样，但还是让我做了。当我折腾完的时候，它看起来很帅，身上也很香。伯莎姨妈为此一惊一乍的，跑回屋里又给它拿了一块鸡肝。愿望骨瘦得隔着皮毛都可以数出它有多少根肋骨。

"我们得把它养肥。"伯莎姨妈说。

午饭后，我练习用绳子系在它的项圈上遛它。起初，它明确表示不喜欢这样，它会来回地摇头，或者坐下来赖着不动。还好我准备了一个塑料袋，里面装满了小块的奶酪和培根之类的东西来引诱它，过了一会儿，它就在我身边小跑着。我们绕过院子，穿过花园，再沿着车道来回跑。

我让它在后门廊陡坡上的大橡树树荫下小睡一会儿。伯莎姨妈拿了一块桌布出来，铺在它旁边的地上。然后我们俩吃了午餐——甜椒奶酪三明治和甜茶。伯莎姨妈给我讲了个关于一个叫库特的老人的故事，他曾经是科尔比市的市长。

"他带着枪，"她说，"如果有人在市政厅前乱停车，他会开枪打爆那人的轮胎。"

"真的吗？"

"真的！他的妻子过去常常把洗完的内裤挂在汽车的天线上，然后开车在镇上转悠，直到内裤晾干。"

我皱起鼻子说："恶心。"

伯莎姨妈笑了。"是啊！那条内裤又大又破，看起来就像大屁股国的国旗在微风中飘扬。"

我和伯莎姨妈为此开怀大笑。愿望骨睡觉时，每隔一段时间，它的脚就会抽搐一下，还会发出细小的呜咽声。

我不知道它是不是在做没拴绳子自由奔跑的梦。我希望不是这样。

我喝了一口甜茶，看着蜜蜂在我们身边的三叶草上飞舞。

三叶草！也许我能找到四叶草。因此，当伯莎姨妈告诉我库特和他的妻子在内华达州买了一座金矿然后远走他乡时，我在身旁的草地上找了又找。果然，我找到了一根四叶草，但我没有摘下它。如果你摘下它，它会给你带来好运，但如果你让它留在那里继续生长，你可以许下一个愿望，我就是这么做的。

午饭后，我决定不再生霍华德的气了，于是我把愿望骨的绳子拴在伦尼的自行车把手上，沿着路骑向霍华德家。愿望骨似乎很喜欢这样，它在我旁边跑着，耳朵扑扇着，小舌头都伸了出来。

我到霍华德家的时候，他正和德怀特还有科顿在前院玩游戏——扔锡罐然后互相拳击。

"嘿！"我叫道，"看我带来了什么！"

他们一下子跑了过来，围着愿望骨站成一圈，抚摸它的背，拍拍它的头。

"哇，查理，"霍华德说，"你做到了！"

我忍不住对他微笑。"那当然！"我说，"它是不是很棒？"

霍华德挠着愿望骨的耳朵后面说："看起来它有点比格犬的血统，我喜欢它的耳朵。"

当奥多姆家的男孩们对愿望骨大加赞赏的时候，愿望骨坐在那里，闭着眼睛，脸上挂着狗特有的微笑。

我们和它玩了一下午。科顿不停地扔爆米花让它去接，德怀特牵着它穿过院子，让它跳到一个旧冷藏箱上坐下，霍华德甚至很快就教会了它握手。

"它很聪明！"霍华德说，我们都点头表示同意。

"让妈妈看看它的把戏吧。"霍华德一边说，一边一瘸一拐地朝门廊快步走去。

每个人都对愿望骨大加赞赏，都让我忘记了昨天我那暴脾气发作时说的话。但当奥多姆太太来到院子里看愿望骨时，我就想起来了。我的脸是那么烫，我甚至不敢看她一眼。

霍华德向她展示了愿望骨是如何坐在冷藏箱上握手的。

"它是不是很聪明？"霍华德问。

"它当然很聪明，"奥多姆太太说，"幸运的是，它找到了查理这样的好朋友。"

我感到如释重负——也许奥多姆太太并没有生我

的气。

霍华德说："我们给它点零食，教它打滚吧。"

"这是个好主意。"奥多姆太太揉了揉我的头发，"我有刚出炉的松鼠派。"

她说那句话的时候，我真想找个地缝钻进去，或者"砰"地消失在空气中。但我当然不能，所以我只是站在那里，我的脸在燃烧，我的胃在打结。

德怀特和科顿大呼小叫，拍着膝盖说："松鼠派？"

奥多姆太太搂着我的肩膀，当我鼓起勇气看她时，她向我眨了眨眼睛。"我很高兴这里有一个活跃的姑娘帮我控制这些男孩，我的团队需要一个女孩。"

在她的团队里？奥多姆太太需要我加入她的团队？

我真希望我能把那一时刻保存起来：在杂草丛生的院子里，我被善良的奥多姆一家包围着，愿望骨坐在我们面前的冷藏箱上。我想把这一刻装进伯莎姨妈的罐头瓶里，放在我房间中。往后，当我对自己感到沮丧或被我所有的烦恼压垮时，我就可以打开罐头瓶，深深吸一口它的美好，我一定会感觉好起来。

但那一刻很快就过去了，霍华德把一块鸡肉带到了院子里，我们试着教愿望骨打滚，但它只想吃那块鸡肉。

"在罗利，我们的院子周围有栅栏，所以它可以在那里自由奔跑。"我说。

霍华德的笑容逐渐消失了，他说："你觉得你妈妈会让你养它吗？"

老天爷！我真希望他没这么说，因为这话激起了我的忧虑，而我一直把忧虑牢牢地锁在心里。说实话，谁也不知道妈妈对我带着愿望骨回家会怎么想。我设法把这份担心抛到一边，说："她当然会的。她会爱它的。"

"你什么时候走？"霍华德用微弱而颤抖的声音问道。

我耸了耸肩。"我不知道，"我说，"快了，我敢打赌。"但我心里知道，妈妈仍然没有把脚放在地上。我是说，自从我来到科尔比，我甚至没有收到过她的明信片或接到她的电话。我知道她仍然穿着浴袍躺在黑暗中，晚餐就喝无糖汽水，根本没有想我。

霍华德在那之后就安静了，所以我终于可以把愿望骨的绳子绑在自行车上，回到了格斯姨夫和伯莎姨妈的家。我到那里的时候，格斯姨夫正坐在厨房的桌子旁，而伯莎姨妈正在切花园里种的青椒，念叨着26号公路上在建的那家高级药店。

"回来了，"格斯姨夫看到我和愿望骨时说，"一个女孩和她的狗。"然后他把手伸进口袋，掏出什么东西，放在手掌里递给我。哇，是一个小小的骨头形状的狗牌，上面刻着"愿望骨"。他把它翻过来，给我看背面刻着的电话号码。

"格斯！"伯莎姨妈夸张地叫着，"你是一位王子。"她吻了吻他的脸颊，然后问我："他是不是王子，查理？"

我点了点头。

"那你来看看，我可能要变成一个国王了。"格斯姨夫朝后门处的衣架点了点头。和雨衣、羊毛衫一起挂在那里的是一条红色的狗绳。

"我想愿望骨需要一条真正的牵引绳，而不是那根旧绳子。"格斯姨夫说。

伯莎姨妈又吻了他一下。"现在你是国王了，"她说，"对吧，查理？"

格斯姨夫竟然为我做了这么好的事。"是的，姨妈。"我必须同意，"他是。"

然后格斯姨夫把愿望骨的项圈取下来，把狗牌系在上面，再给它戴上。当我低头看着愿望骨戴着项圈，挂着写着它名字的牌子时，我觉得它似乎永远都属于我。好像它就属于这里，和我在一起，不再是一只流浪狗了。

在那个快乐的时刻，我有了一个小小的想法，不过在这个想法长大之前，我赶紧把它赶出了我的脑海。那个想法是这样的：我到底属于这个世界的哪个地方？

第十五章
我很抱歉

　　第二天，在去主日学校前，我跑到联谊大厅的布告栏旁，那上面挂着"我们的恩典花园"。我在纸做的花朵中搜寻，直到找到我的。其他孩子做的都是一束花，我猜是因为他们有一堆祝福要写。但我只做了一朵，上面写着"我很健康"，因为奥德丽在她的一朵花上也写了这句话。我把我的花拿下来，用紫色的蜡笔加上一句："我有一只叫愿望骨的狗。"

　　到了主日学校以后，我试着向同学们炫耀我的狗，但好像没有任何人关心。他们正忙着喊出一种种罪过，让麦基太太在黑板上写下来。

　　"谩骂。"

　　"恃强凌弱。"

"撒谎。"

"不听父母的话。"

这些罪过在房间里飞来飞去，就像米地里的乌鸦一样。

"查理，"麦基太太说，"你能想到一种罪过吗？"

我敢打赌，妈妈把孩子抛在脑后，就为了开始自己的新生活肯定是一种罪过。但是，当然，我不打算把这个加到黑板上，所以我就说："没有，老师。"

"那又踢又推呢？"奥德丽说。

霍华德赶紧在我旁边小声嘀咕："菠萝，菠萝，菠萝。"

奇迹竟然发生了——我克制住了自己的脾气，仿佛有一个盖子盖住了那片怒火。我笑了笑，紧闭嘴巴，这样我就不会说出任何话来破坏这个奇迹时刻。然后，另一个奇迹从主日学校的窗户飘了进来，落在我的肩膀上，推着我说出了："我不应该对你又踢又推，奥德丽，我很抱歉。"

说实话，这让奥德丽一下子蒙了。她的眉毛高高扬起，嘴巴也张得大大的，然后她说："没关系。"

主日学校的学习结束后，在我们去联谊大厅的路上，霍华德拍了拍我的背，说："干得好，查理，我告诉过你'菠萝'这招会有用的。"

我一直在数着分钟过日子，直到暑假前的最后一天。校车终于来了，我穿着杰吉的鼓手长靴蹦蹦跳跳地去了车站。我不在乎它们闷着我的脚，也不在乎它们把我的脚跟磨出了水泡。我在校车的过道上昂首阔步，像杰吉告诉我的那样对那些咯咯笑的女孩眨了眨眼。

"只管对她们眨眼，"一天晚上杰吉在电话里说，"这会让她们措手不及，不知道该怎么办。"

但当我坐到霍华德旁边的座位上，递给他一块伯莎姨妈做的香蕉松饼时，有些女孩还在咯咯地笑。

"谢谢。"霍华德说。然后他把松饼掰成两半，挑出葡萄干，把葡萄干堆在我们座位之间。

"愿望骨昨晚挖了一些豆子。"我说。

"哇哦。"霍华德咬了一口松饼，做了个鬼脸。然后，他从嘴里掏出一颗葡萄干，放在座位之间的那堆葡萄干上。"格斯叔叔生气了？"他问。

"那倒没有，他只是说我不能再让它进花园了。"

"伯莎阿姨生气了？"

我摇了摇头说："她给我讲了一个故事，说她表亲的狗把她外公园子里的玉米吃了，结果狗病得很厉害，差点死了。"

当校车下山时，我想起了我在罗利的老学校。我感觉我已经在科尔比住了"永远"那么久了，除了卡琳·摩根，我没有收到任何一个所谓乡朋友的消息。她给我寄了一张明信片，上面有一张国会大厦的照片，我以前的班级在那里进行了一次实地考察。

她写道："你不用来这里真是太幸运了，真的好无聊啊，哈哈哈！"

杰吉告诉我，她在电影院里看到我最好的朋友阿尔韦娜和女童子军的一些女孩在一起。

"她问起我了吗？"我问。

"没有，但我告诉她你过得很好。"杰吉说。

过得很好吗？我？

哈哈！

杰吉怎么会知道？她忙着和卡罗尔·李过她的完美生活，怎么还会想到我呢？她都快忘记给我打电话了。

我上三年级的时候，有一次我和"炮筒子"一起去墓地看他爸爸长眠的地方。我们找到了那个长满青苔的墓碑，上面写着"阿尔伯特·尤金·里斯"，顶端写着"逝去但从未被遗忘"。而我，虽没有像阿尔伯特那样躺在冰冷坚硬的地底，但我已经被遗忘了。

伯莎姨妈一直和我说，今年夏天应该邀请我在罗利的一些老朋友来看我。我不想伤害她的感情，但那听起来不是什么好主意。到时候我们做什么？看着花园里的南瓜长出来？整晚盯着门廊上的飞马座？还有，她们睡在哪里？和我一起睡在我的小床上，枕着灰姑娘的枕头吗？不，那些罗利的女孩在科尔比是不会开心的。

放学铃响起时，我迫不及待地离开了校园。每天我都数着分钟过，直到回到有愿望骨的那个家。伯莎姨妈告诉我，在我走后，它总是站在门口呜呜地叫。"这是真的，"她说，"我发誓。"

在上山的路上，我凝视着窗外，霍华德告诉我伯尔买了一辆摩托车，他妈妈气得要命。

然后你猜怎么着？我看见三只鸟并排栖息在路边的电线上。"电线上同时有三只鸟"在我的许愿事物清单上。根据"炮筒子"的朋友阿雷的说法，一定得是三只鸟，这可不像听起来那么容易，所以我赶紧许了个愿，免得其中一只飞走了。

第十六章
愿望骨跑了

"你猜怎么着?"伯莎姨妈在我一进家门的时候就开口说道。她把手伸进围裙口袋,掏出一个信封,接着说:"你爸爸给你写信了!"

"给我的?"我盯着她手里的信封,那确实是"炮筒子"的笔迹,巨大的、歪歪扭扭的字体,像一年级的学生写出来的一样。

我给愿望骨系上牵引绳,牵着它来到前院。我坐在了花园里格斯姨夫的草坪椅上,接着,我盯着信封上的字样:

查理·里斯小姐

如果妈妈给我寄了一封信(我想她永远都不会寄的),

她一定会写"查理曼·里斯小姐"来惹恼我。然后，她可能会跟我说永别，因为她要开始没有我的新生活了。

我又看了看信封，角落里印着"韦克县惩教中心"的字样。

看起来还不像县监狱那么糟，我认为进监狱的人肯定要在那里待很长时间。但如果"炮筒子"只是被惩教惩教，也许不会待太久。

我闻了闻信封，想看看能不能闻到他的须后水的味道，可是一点也闻不到。我拿出信封中折叠好的笔记本纸，把它平铺在腿上。

亲爱的查理：

我是你的"炮筒子"爸爸，你最近怎么样？

我可过得很好。

这地方除了结块的肉汁和糟糕的枕头以外，还是不错的。

杰吉来看了我，给我带来了好吃的巧克力棒和牙膏。

我打赌你跟格斯和伯莎过得很开心。告诉他们，我一有机会就会给他们寄钱。

爱你的"炮筒子"

我把纸翻过来，想看看背面是否有更多的字。

没有了。

这就是全部了。

我看着"爱你"这个词，用手指描摹着这两个字，然后我把纸叠了起来，放回信封里。

第二天，到午餐时间我就觉得无聊了。我和愿望骨练习了坐下和原地不动这两个指令；我帮伯莎姨妈检查了秋葵，算出我们腌泡秋葵需要多少罐子；我在后门廊寻找四叶草，可惜没有找到；我还和愿望骨分享了我的花生酱三明治。就这些了，再没有别的事可做了。

我想了想，决定骑伦尼的自行车去霍华德家玩。我把愿望骨的牵引绳套在车把手上，就和它一起出发了。

当我们到奥多姆家时，他们的房子简直像蜂巢一样嗡嗡作响。在门廊旁边的一小片树荫下，科顿正在用树枝和石头做什么东西；伯尔和伦尼在车道上，盯着伯尔的摩托车引擎看，时不时地，他们中的一个会用扳手敲什么东西；德怀特正在院子边上，往路灯杆上的篮筐里投篮；那么霍华德呢？我简直不敢相信，他在玩填字游戏！是的，他在门廊的破沙发上玩填字游戏，天哪，什么样的孩子会在暑假的第一天这样做呢？

"嘿。"他和我打招呼，扶了一下眼镜。

愿望骨跳到他旁边的沙发上，挨着他躺下来，吐着舌头哈气。

"嘿。"我撩起脖子后面的头发，给自己扇了扇风，"今天真的很热。"

"想为圣经侦探游戏做些准备吗？"霍华德问道。

圣经侦探！

我差点说："你疯了吗？"但那一刹那我忍住了自己的想法，说："不，我并不是很想玩。"

"我会给你一些我的圣经币。"他说。

我摇了摇头。"不用。"

"那你想做什么？"

我耸了耸肩。"我收到了一封'炮筒子'的信。"我说。

霍华德坐直了身子。"真的？"他把填字游戏的本子放到了旁边，"从监狱寄来的吗？"

"才不是监狱，"我说，"只是一个惩教机构。"

"一样的。"霍华德说。

"不一样！"

"我很确定。"霍华德说。

"不一样！"我吼得那么大声，以至于愿望骨猛地抬起头，看疯子似的看着我。

菠萝。

菠萝。

菠萝。

我不想在暑假的第一天就和霍华德生气。

我必须承认，尽管我和霍华德并没有认识很久，但他对我简直是了如指掌。他知道我又在和自己的脾气做斗争，于是他立刻改变了话题。"嗯，很高兴你收到了一封信。"他挠了挠愿望骨的耳后，"他在信里说了什么？"

我想告诉霍华德，"炮筒子"说有多想我，他迫不及待地想回家和我一起看综艺节目；他还要为妈妈做一顿丰盛的晚餐——桌上放着蜡烛的那种，收音机里会放着威利·纳尔逊的音乐，也许妈妈会穿上"炮筒子"最爱的那条红裙子；等杰吉拿到驾照后，他会让她开车带我们去乡下，在路边的农场买玉米和草莓，然后我们回家，在院子里烧烤，我们甚至可以像霍华德的家人那样手牵手做饭前祷告。但我没告诉霍华德这些，最后我还是决定告诉他真相。

"他说他们那儿的肉汁是结了块的，枕头很糟糕。"我说。

"那太烦人了。"

我差点告诉他"炮筒子"在信上写下了"爱你"这个词，但是，对一个每天都被爱着的男孩来说，这可能听起来很傻。

"嘿，也许哪天妈妈会帮我们做饼干送给他。"

"真的吗？"

"当然，"霍华德说，"想去小溪那边吗？"

"好啊。"

于是，我和霍华德还有愿望骨绕过车库，踏上那条蜿蜒穿过阴凉潮湿的树林的窄径。我喜欢空气中泥土和苔藓的味道，喜欢那些沿着小路边缘向下弯曲的蕨类植物扫过皮肤时产生的那种柔软的、痒痒的感觉。愿望骨在我身边小跑着，不时停下来嗅一嗅周围一堆腐叶中的树根。我不知道它以前是否走过这条路，我想，它比任何人都熟悉这片树林，也许它曾经就睡在这些树下。

我想解开愿望骨的绳子，让它自由奔跑，但我害怕。如果它觉得受够了我，又跑去当流浪狗了怎么办？

当我们到达小溪时，愿望骨一下子跳入清澈的水流中，差点把我也拉了进去。我和霍华德脱下鞋子，从一块石头上走到另一块石头上，愿望骨则蹦蹦跳跳，四下都是飞溅的溪水。

"这感觉真棒。"我说。

"我知道你会喜欢的。"霍华德在光滑的岩石上摇摇晃晃，我以为他随时都会掉下去，但他没有。愿望骨发出最滑稽的叫声，拍着水，试图抓住在岩石周围窜来窜去的小鲦鱼。

"快看它！"我们俩几乎同时说。

我从岩石上蹦到小溪边，向霍华德招手。"来我这里！"我喊道，"勾小指。"

"什么意思？"

"勾起小指，"我说，"我们都要许个愿。"

"真的要这样做？"

我点了点头。"因为如果两个人在同一时间说出一样的话，他们就应该勾起小指，然后许个愿。"我说，"这是杰吉教我的。"

于是霍华德跳到小溪边，我们勾起了小指，我闭上眼睛许了个愿。

"你许愿了吗？"我问。

"没有。"

"为什么没许愿？"

霍华德弯下腰，把手伸进水里搅动，小鲦鱼赶紧跑开了。"我真的没有什么愿望。"他说。

我摇了摇头。一个人怎么可能没有愿望呢？我的意思

是，即使你只是希望你的拇指上没有疣子，或者你早餐不用吃燕麦片，在我看来，每个人都可以想到一些可以许愿的事。

"哦，天哪，霍华德，"我说，"你一定有什么可以许愿的事。"

"嗯，说实话，我有一个愿望。"他说。

于是我们又勾起了小指，霍华德闭上了眼睛。

"你许愿了吗？"我问。

霍华德回答："是的。"

"我打赌我知道你许了什么愿。"

"我不能说，否则就不会实现了。还记得吗？"

"不，对你来说是这样的，"我说，"但是我可以。即便我说了也没关系。"

我不确定我说的规则是否正确，但我想大概率是这样的。

"别说我猜对了还是猜错了。"我说。

"好吧。"

"你希望自己没有那种一瘸一拐的走路姿势。"我说。

当这些话从我嘴里出来的时候，我几乎可以看到它们像剃刀一样，迅速地向霍华德飞去。

霍华德的脸变得像鬼一样苍白，眼睛低垂，看向地面。

我做了什么？

我为什么要那么说呢？

最重要的是，我想把那些锋利的话收回来，但我无能为力。

突然间，一切都凝固在了时间里。一切都停了下来，一动不动。我感觉小溪里的水停止了流动，鸟儿停止了欢鸣，头顶上的云悬停在山顶上，就连愿望骨也像雕像一样一动不动地站在我身边。

然后，霍华德冲破时间的冰封，抓起鞋子，沿着小路朝他的家走去，留下我一个人站在那里，满心羞愧与沉重。

我坐在小溪边，为自己举行了一场"忏悔仪式"——这是杰吉给我陷入自怨自艾的时刻取的名字。

"看在老天的分上，别再办你那个忏悔仪式了。"杰吉曾经说。

但我实在忍不住。为什么我要对科尔比唯一一个对我好的孩子说出如此刻薄的话呢？他是那个想分给我一些圣经币的孩子，那个想给"炮筒子"送饼干的孩子，那个让我和他分享烦恼的孩子。

我想象着我的晾衣绳上满是烦恼，又看见我自己在晾衣绳上挂了个新烦恼。我待在小溪边，沉浸在难过之

中，想着今天是如何变得如此糟糕的。没想到，事情还会变得更糟——一只带条纹的小花栗鼠从溪边的一根烂木头里蹿了出来，愿望骨跟在它后面狂奔，把我手里的绳子拽走了，我还没来得及从地上爬起来，愿望骨就消失在树林里了。

第十七章
我们去找它吧

我在树林里搜寻着，直到天快黑；我喊着愿望骨的名字，直到喉咙疼了起来；我在路边来来回回地走，直到腿累得发麻。最后，我去了霍华德家，取了那天下午我落在院子里的伦尼的自行车。我能听到奥多姆一家在屋里吃晚饭，每个人都笑着说"把黄油递给我"之类的话。我想象着他们挤在厨房的桌子旁，男孩们互相戳来戳去，争抢最后一块饼干。奥多姆太太一定做了更多的炸鸡，然后亲吻每个男孩的头顶。奥多姆先生的眼睛此刻一定闪闪发光，看着他幸福的家庭。我想知道霍华德有没有告诉他们我说的关于他愿望的事。如果他说了，善良的奥多姆一家现在会怎么看我呢？

回到家以后，我直接走回我的房间，举行了我一生中最盛大的忏悔仪式。我躺在床边地板上的愿望骨的枕头上，闻着愿望骨留下的气味，一直哭到睡了过去。

我醒来时，伯莎姨妈在轻唤我的名字。房间里一片漆黑，只有客厅里那盏台灯发出的微弱灯光从我半开的房门里透进来。

我赶紧闭上眼睛，假装还在睡觉。我实在不想告诉伯莎姨妈我这一天发生了什么——愿望骨不想再做我的狗了，它跑了，我还对霍华德说了那么刻薄的话。

我以为伯莎姨妈可能会离开，但她没有。她轻轻摇了摇我，又低声唤了一遍我的名字。

"来吃晚饭吧。"她说。

"我不饿。"我对着枕头咕哝着。

"有你的最爱，"她说，"奶酪培根粗玉米面粥。"

我摇了摇头，觉得自己像个噘着嘴的婴儿，我甚至有咬拇指的冲动。在罗利，每当我这样时，妈妈就会说："别再哭闹了，不然我就要动手了。"

但伯莎姨妈却说："你知道吗？当你度过了糟糕的一天时，吃些粗玉米面会让你感觉好一点。"她用手肘捅了我一下。"我从经验中总结的。"她补充说。

我坐起来，抱住膝盖，向伯莎姨妈靠得更近了一点，直到我们互相碰到对方，胳膊挨着胳膊，膝对膝。她闻起来就像一个整天在厨房里度过的人，满身培根、咖啡和肉桂的味道。但她看起来却像是一个整天待在户外的人，她的手臂粗糙、黝黑，指甲里还有脏东西。

"愿望骨跑了。"我低声说。

她点点头，把一缕头发捋到耳后。"格斯正在外面找它，"她说，"格斯是一个你可以信赖的人。"

一丝温暖钻进了我的心里。我知道她说的是对的，格斯姨夫看起来确实是个值得信赖的人。

"但如果愿望骨又想当流浪狗怎么办？"我问。

伯莎姨妈坐直了身子，用手捧着我的下巴。"查理·里斯，"她说，"你以为那只狗分不出好赖事吗？"

"有什么好事呢？"我用孩子气的声音说。

她每说一条就竖起一根手指。"第一，它早餐有腊肠吃；第二，它能睡在枕头上；第三，它受到天使的宠爱。"

天使吗？

哈哈！

这就是我接下来做的事——毁掉我天使般的形象。"我对霍华德说了些刻薄的话。"我喃喃自语。

静寂。

我为什么要告诉她这些呢？我多么希望我能收回这些话，就像用网兜抓蝴蝶那样把它们抓回来，好在她眼中保持天使的形象。

然后我有了不好的想法：如果伯莎姨妈说狗狗无论如何都爱我是错的呢？万一愿望骨是知道我刻薄所以才跑了呢？

我能感觉到伯莎姨妈温暖的皮肤贴着我的皮肤，也能听到安静的小房间里她那轻柔的呼吸声。最后，她拍了拍我的膝盖，说："你需要吃一些粗玉米面。"

第二天一醒来，我就低头去看地板上的枕头，我多希望愿望骨能在那里。

它不在。

我匆匆走进厨房。伯莎姨妈正在桌边剥豌豆。

"格斯姨夫在哪里？"我问。

"他去上班了。"

我坐在她对面的椅子上。"我猜他没有找到愿望骨。"我说。

伯莎姨妈红着眼眶看着我，摇了摇头。"他没找到。但他让我告诉你，等他回家后，我们可以出去找找。昨晚，他重新布置了你的陷阱，我又放了些残羹剩饭在里面，我们可以盯着点。别忘了，愿望骨的项圈上有个牌子，我相信有人找到它后会打电话给我们的，"她把一盒麦片推到我面前，"吃点早餐吧。"

但是我的胃几乎缩成了一团，我怎么吃得下东西呢？我还有另一个心结——该怎么面对霍华德？

我看着伯莎姨妈剥那些豌豆时，内疚感在我的内心啃噬着一切。她时不时地抬头看我一眼，我们的目光相对时，我就马上把目光移开。她站在桌子的另一边，以为我是天使，而我坐在这边，觉得自己跟天使差了十万八千里。

"你不打算问我对霍华德说了什么刻薄的话吗？"我问她。

她摇了摇头。"不想问。"

"为什么？"

伯莎姨妈往碗里扔了一把豌豆，向我倾过身来。"查理，"她说，"你不能根据别人犯的错误来评判他们，而是要根据他们改正错误的方式来评判他们。"她把手伸到桌子对面，拍拍我的手。"再说了，你以为我从来没有说过一句想要收回来的话吗？"她眨了眨眼，"你不相信我就去问格斯吧。"

伯莎姨妈是个健谈的人，她一生中肯定说过很多话，但我很确定那些话都不像我说的那样刻薄。"刻薄"跟伯莎姨妈毫不沾边。

"现在，去换一件衣服吧，然后我们来想想怎么找回愿望骨。"她说。

但是，当我还没来得及考虑如何开始这注定令人遗憾的一天时，有人敲了敲前纱门。你可以想象当我看到敲门的人是谁时我有多惊讶，天哪，是霍华德！

我站在那里，光着脚，睡衣皱皱巴巴，头发则像老鼠窝一样。我很想找点话说，但伯莎姨妈比我先开口了："看看谁出现在我们家门口了，查理！"她扶着门，让门开着。"我敢打赌，霍华德·奥多姆需要一些肉桂吐司，"她说，"或者麦片？鸡蛋？燕麦粉？你要来点粗玉米面吗，霍华德？"

霍华德走进来，摇了摇头。"不用了，阿姨。"

然后他转向我说："想摘野草莓吗？"他举起一个空牛奶盒，盒盖被剪掉了。"我知道哪里长得多。"

"嗯……"我把眼前的头发拨开，"我……嗯……"

"你们去摘草莓吧，"伯莎姨妈说，"我会盯着这里的。"她朝院子边上的陷阱的方向点了点头。

我摊在沙发上，难过地告诉霍华德愿望骨跑了。当我说完的时候，我只想倒在地上哭。谁知霍华德说："你还坐在这里干什么？我们去找它吧！"下一秒他就冲出门，扶起他的自行车。我跑到我的房间里换好衣服，然后追了出去。

第十八章
一定会回来的

　　整个上午，我和霍华德骑着自行车在山林中来回穿梭。我们穿过树林，拨开茂密的灌木丛，跨过带刺的荆棘；我们三次回到霍华德家后面的小溪边，呼喊着，吹着口哨；我们查看门廊底下，打开棚屋，围着谷仓转圈找它。很快到了午餐时间，夏日的骄阳晒化了柏油路，汗水顺着我们的脊背流了下来。

　　我和霍华德没怎么说话，这对我来说是件好事。我在脑海里一遍又一遍地思考我该如何为我说的关于他愿望的那些话向他道歉。但每当我认为时机成熟时，我就会嘴唇发干，喉咙发紧，准备好的话就这样一直憋在心里。

　　我们几次回到格斯姨夫和伯莎姨妈家检查陷阱，但残羹剩饭始终在馅饼烤盘里。我和霍华德在他家前廊上吃午饭，我俩坐在沙发上，吃着腿上纸盘里的维也纳香肠、冷猪肉和豆子。德怀特和科顿在院子里朝邮筒扔石头玩，石头"砰"的一声打在金属上，在邮筒侧面留下了小小的凹痕。

奥多姆太太走了出来，叫他们停下来。她坐在沙发上，安慰我不要担心，她相信愿望骨一定会回来的。

"你得往好的方向思考。"她说。

"谢谢，阿姨。"我喃喃地说。

她知道我对霍华德说了那些刻薄的话吗？如果她知道的话，她绝对再也不想让我加入她的团队了。

那天下午，伯尔开车带我们进城去搜查停车场和垃圾箱，德怀特和伦尼做了一些寻狗启事的海报，我们一起把海报贴在电线杆和栅栏柱子上。

晚饭时间快到了，我和霍华德骑着自行车回到格斯姨夫和伯莎姨妈家，再一次检查了陷阱。后来我们一同坐在花园边的草坪椅上，看着蜻蜓从金盏花上飞过。

我在心里说："霍华德，很抱歉我那样说了你的愿望。你知道的，就是关于你那一瘸一拐的走路方式。"

接着我又想说："嘿，没有人会在意你一瘸一拐的走路方式。"

但他知道这是个弥天大谎，因为他自己也看到了，那些孩子不让他参加足球比赛，还像看不到他一样，排队时插到他前面。

我静静地坐在那里，大脑却在高速运转。也许霍华德根本不在乎我说的话，我是说，他依然对我很好，他在帮我找愿望骨。

"你看上去像是被遗弃的。"霍华德说。

我不知道这个世界上还有哪个孩子会用到这个词，但这个词精准地描述了我——被遗弃的。

就在晚饭前，杰吉打电话告诉我，她去监狱看了"炮筒子"，他文身了。

我什么也没说，于是她问道："难道你不想知道他文了什么吗？"

"嗯，我想知道。"

"一只鸟，"杰吉说，"一只关在笼子里的乌鸦。就在他手背上。你能相信吗？"

"嗯，大概吧。"

然后她喋喋不休地抱怨高中毕业并不像人们说的那么好，还有她有多讨厌在华夫饼屋的工作。

"客人们离开餐桌时，桌上沾满了糖浆。他们把自己哭闹的孩子往高脚椅上一放，指望我在一分钟内给他们端上蓝莓华夫饼。"

　　杰吉告诉我，她的男朋友阿洛把车撞坏了，他真是个废物。

　　"卡罗尔·李在购物中心看到他和达拉·雅各布斯在一起，"她说，"所以我跟他说'再见，笨蛋'，然后——"

　　"你不打算问我愿望骨的事吗？"我忍不住说。

　　"什么？"

　　杰吉之前打电话来的时候，我一直在跟她说愿望骨的事，和她讲它有多么聪明，它是如何学会坐下和等待的，它是如何睡在我的床边的。

　　"愿望骨，"我说，"我的狗。你都不打算问问我关于它的事吗？"

　　"哦，嗯，当然，"她说，"愿望骨怎么样了？"

　　"跑了！"我大声喊道，"它跑了。"然后我滔滔不绝地把这个令人难过的故事讲了出来，讲了它是怎么跑掉的，我是怎么到处找它的，但我觉得它宁愿流浪也不愿和我住在一起。我想停下来，但我控制不住。我接着说，它嫌弃我，就像别人一样嫌弃我。杰吉能享受完美的生活，而我却被困在科尔比和一群吃松鼠的乡巴佬在一起。然后我挂了电话，背靠着墙，慢慢滑坐到地板上。我看见伯莎姨妈在厨房的炉子上搅拌着什么东西，假装没听见我的声音。

　　当电话再次响起时，我只是看着它在我的手里振动。

伯莎姨妈不再搅拌了。

丁零零——

丁零零——

丁零零——

"喂？"我用颤抖的声音说。

"查理……"杰吉的声音从电话里传来，轻柔而坚定。从罗利到科尔比，我想象着她的声音从卡罗尔·李家豪华的砖房出发，沿着高速公路掠过树梢，然后沿着弯曲的道路和砾石车道来到这座挂在半山腰的小房子里，最后找到坐在地板上、如此需要它的我。

"关于愿望骨我很抱歉，"杰吉说，"真的，我希望它能回来。"

我看见一只苍蝇从纱窗飞到灯上，又飞到天花板上。

"查理？"杰吉说。

"什么？"

"我知道这个情况让你很难受。"

情况？

是这样吗？这只是一个情况？

"我觉得妈妈好多了，"杰吉说，"我昨天给她打电话时，她听起来好多了。"

什么意思？她起床了吗？她的脚放在地上了吗？她有

那么一点点在乎我了吗？如果我回到罗利，我们破碎的家庭会突然消失，取而代之的是一个真正的家庭，全家人手牵着手做饭前祷告？

"也许我很快就能来看你，"杰吉接着说，"再过几周我就会拿到驾照，我和你说过吗？卡罗尔·李一毕业就得到了一辆车。你能相信吗？如果我能从那该死的工作中请假，我就可以来科尔比。咱俩可以去阿什维尔逛逛，那里有素食餐厅。你知道吗？我正在考虑成为素食主义者，我打赌如果我……"

她喋喋不休地说着我们可以做的各种事情，但她只字不提她会回到她完美的生活中，而我会仍然待在这里——没有我的狗，希望我没有对霍华德那么刻薄过。

那天晚上格斯姨夫回家后，我们三个开车四处寻找愿望骨。我们去了学校，又去了餐厅，穿过移动房屋公园和小巷。路上，伯莎姨妈给我们讲了一个她在报纸上读到的故事：在北卡罗来纳州，有一只狗从一辆货车车厢里掉了下来，它设法找到了回家的路，回到了印第安纳州。

"差不多四百英里①！"她说，"这家人当时正在麦琪谷度假。这简直不可思议。"

---

① 英里：英美制长度单位。1 英里合 1.6 公里。

　　格斯姨夫很安静，他把牙签从嘴里的一边移到另一边，同时扫视着路边、停车场和树林。他时不时地说："别担心，奶油豆，我们会找到它的。"但我在想也许现在是时候改变我的愿望了。也许下次我有机会的时候，我会许愿我的狗能回来。

　　天完全黑了，我们几乎什么也看不清了，于是我们准备回家。车子拐进车道，这辆旧车在坑洼处颠簸着，轮胎碾过砾石发出的嘎吱声在寂静的晚风中回荡。车前灯发出的光束在车道旁种的月桂和野莓丛上舞动。

　　最后，房子映入了眼帘，眼前的一幕让我的心都要跳出来了——

　　愿望骨摇着尾巴向我们小跑过来，牵引绳被拖在它身后的地上。

第十九章
心结

一周以来，愿望骨每天晚上都吃着肝泥香肠和炒鸡蛋。它学会了打滚、转圈，还能把狗饼干从鼻子上抛起再接住。现在，它也不再睡在床边的地板上，而是直接睡在我的床上。我一点也不介意它带着肝泥香肠味的呼吸，我喜欢它柔软温暖的皮毛，喜欢拥抱它时，它的心跳贴在我脸颊上的感觉。

每天晚饭后，当我、格斯姨夫和伯莎姨妈在门廊上坐着的时候，我会光着脚在愿望骨温暖的背上蹭，愿望骨便会心满意足地打呼噜。有时，它还会跳起来，朝树林里的声音吠叫上一阵。那些声音可能是一只浣熊或者一只负鼠发出的，甚至只是风中树叶的沙沙声。

"它是一只快乐的狗，奶油豆。"格斯姨夫说。

伯莎姨妈经常会催促格斯姨夫给我们讲关于他的狗小小斯的别的故事。

"还有一次，你们在钓鱼，它掉进了河里，你哥哥为了救它跟着跳进河里，结果把船掀翻了，对吧？"伯莎姨妈说。

格斯姨夫哈哈笑了起来，但他还没来得及说话，伯莎姨妈就说："哦，我想起来了！告诉查理，你姐姐以前是怎么给小小斯穿上她的女童子军制服的。"

我几乎每天都带着愿望骨去奥多姆家，但依然没有为之前所说的话向霍华德道歉，我刻意回避我曾说他走路一瘸一拐的事，就像房间里的大象，我却装作视而不见。但是霍华德从没表现出我们之间发生过什么。尽管如此，我还是为自己没有说出"对不起"而感到生气。我一直在想伯莎姨妈说过的，要根据一个人改正错误的方式来评判他。我知道，在改正错误这方面，我做得真的不太好。

每次我和愿望骨出现在奥多姆家的前门，他们家的人就会向我们打招呼，挥手让我们进去，然后我就会被卷入那家人的热闹氛围中，就像龙卷风一样被裹进去。

我和霍华德在厨房的桌子旁玩飞行棋，风扇在门口呼呼作响，愿望骨跑来跑去，寻找掉在地上的饼干或洒在地上的果汁。科顿会把脸贴在风扇上，发出泰山般的叫声，他的声音颤抖着，逗得我们哈哈大笑。

伯尔和伦尼会进厨房来做西红柿三明治，然后在碰过的每样东西上留下油腻的黑指纹。他们似乎总是在修理某种发动机——汽车的、摩托车的、割草机的。每隔一段时间，就有一句脏话从院子透过纱门飘进来，奥多姆太太便会冲过去，告诉他们不要这样说话。

德怀特去了棒球夏令营，回家时带着一身的红土和汗水。大多数时候，他和科顿都在进行某种摔跤比赛，把沙发靠垫扔向对方，直到科顿向奥多姆太太告状。

有几天天气太热了，我和霍华德就会躺在门廊上，把冰块放在额头上，讲一些笑话。一天，奥多姆先生在他皮卡车的车厢里铺了一块防水布，然后在车厢里装满水。我们穿着短裤和短袖坐在里面，吃着纸杯里冰冻的饮料。

"我希望我们能去一个真正的游泳池。"霍华德说。

"等我回到罗利以后，"我说，"我要像去年夏天那样上游泳课。"

"你什么时候会回罗利？"

我耸了耸肩。"我不确定，我只是说……等我回到——"

"也许如果你留在科尔比，我爸爸会开车送我们去湖边，"霍华德说，"我们可以带上愿望骨，我打赌它喜欢游泳。"

"也许吧。"

"我们去小溪边玩吧。"霍华德说。

我叹了口气。这几天，霍华德一直想说服我去他家屋子后面的小溪边玩，但我一直很紧张。

"要是愿望骨又跑了怎么办？"我问。

"紧紧地抓住牵引绳就好。"霍华德说，"但说真的，查理，它不想离开你。它上次只是犯了个错误。"他把一块咸饼干扔在地上给愿望骨吃。"它回来了，对不对？"

于是我终于答应了。我们三个沿着小路艰难地走向小溪。蕨类植物挠着我们的腿，愿望骨嗅着一路上的各种东西。但当我们到达那里时，一种不好的、沉重的感觉笼罩了我。

我完全看不到银色的小鲦鱼在长满青苔的岩石周围游来游去，而是看到了我在说"你希望自己没有那种一瘸一拐的走路姿势"时霍华德脸上的表情。尽管他表现得毫不在乎，但对我来说，这些话像暴风云一样在我们之间盘旋。

我把一块鹅卵石扔进小溪里，看着水面泛起涟漪，鲦鱼四散。"我为我说的话道歉，霍华德。"

他看起来有点困惑，我又补充说："关于我说的你希望自己没有那种一瘸一拐的走路姿势那件事。"

"哦。"他也往小溪里扔了一块鹅卵石，愿望骨跟着鹅卵石跳进小溪，溅起一片凉水。

"我知道那样说很刻薄，我向你道歉。"我说。

我等着霍华德说"没关系"，但他没有说。

我等着他说"别放在心上"，但他没有说。

我等着他说"哦，见鬼，查理，我全忘了"，但他还是没有说。

事实上，他沉默了很长一段时间，然后耸耸肩说："我已经习惯了孩子们说我走路方式的坏话。"

哎哟！

你的话刺痛了我的心，霍华德！

把我和科尔比其他可恶的孩子一起扔进讨厌鬼堆里吧。

把我像踩虫子一样踩进泥里吧。

我的目光在树上、岩石上、小溪上、蕨类植物上游走，同时绞尽脑汁地想接下来该说什么。就在这时，我发现了它——一根乌鸫的羽毛依偎在小溪边的树叶和松针里。

"看！"我说着，抓起那根羽毛，举着给霍华德看。

他眯着眼睛看着它，把眼镜往长满雀斑的鼻子上推了推。

"这是许愿用的，"我说，"把它插在地上，然后许个愿。"我把羽毛递给了霍华德。"你拿着吧，来许个愿。"

他摇了摇头。"不了。"

"为什么不？"

霍华德摘下眼镜，用他的衬衫下摆擦去溅上的溪水，然后把眼镜戴上，说："因为我知道我的愿望永远也不会实现。"

这句话出自霍华德之口让我很惊讶，他一直都很乐观啊。

"你怎么知道的？"我问。

"我就是知道。"

"可你看我，"我说，"我从四年级开始，每天都许同样的愿望，到现在都还没有实现。"我抚摸着愿望骨湿漉漉的头顶。"但是我知道，如果我许了足够多次的愿望，总有一天会实现的。"

"那么，我希望你的愿望成真。"霍华德说。

我又把羽毛递给他。"你确定不许愿吗？"

他点了点头。

于是我把羽毛插进小溪边松软的泥土里，闭上眼睛，许了个愿。

那天在回家的路上，我发现，之前我说那句刻薄话而产生的一直压在我心头的压力减轻了一些。我不确定自己是否已经改正了错误，但至少我尝试过了。

第二十章
新的杰吉

当伯莎姨妈告诉我杰吉要来看我时，我的思绪开始到处乱飞。一想到要见她我便兴奋极了，我是那么思念她，也希望她会想念我。但我心里酝酿着"炮筒子"式的愤怒。杰吉似乎总是忙于享受快乐，没时间想我。

我们去阿什维尔的长途汽车站接杰吉的那天，我花了一上午的时间和愿望骨练习把戏。我想让杰吉看到它有多聪明，有多爱我。接着，我试着让我的房间看起来像一个真正的卧室，而不是一个用来存放罐头瓶的地方。

首先，我把床罩往上拉，盖住了我的灰姑娘枕套。然后，我在架子上钉了一条毛巾，把那些罐头瓶全部遮起来。我把愿望骨的玩具放在一个鞋盒里，用记号笔在盒子侧面写下愿望骨的名字，愿望骨则坐在那里，歪头看着我。它时不时地扒拉出一个网球或一根脏兮兮的橡胶骨头，但都被我又放了回去。

"杰吉来时，我想让一切都看起来很漂亮。"我告诉愿望骨。

接下来，我把格斯姨夫的旧夹克和毛衣推到衣柜的尽里头，挂出来一些我的短袖，这样看上去我就有了一个属于自己的衣柜。然后，我把毛巾盖在伯莎姨妈的缝纫机上，又把我的背包挂在衣柜门的挂钩上。

做完这一切后，我站在门口环顾四周。房间看起来好多了，但我知道它一点也不像杰吉和卡罗尔·李合住的房间。我敢打赌，她们一定有配套的花卉图案的床罩，上面还有心形的抱枕，床头贴着摇滚明星的照片。她们一定有一个梳妆台，上面放着好多指甲油和一个装满手镯的珠宝盒。她们可能有粉红色的、亮闪闪的日记本，上面有小钥匙。也许，床底下还会放着好几袋薯片，她们晚上聊天时，可以边吃薯片边谈论她们过得有多快乐。我确信她们的房间里连一个罐头瓶都没有，一个都没有。

在去阿什维尔的路上，伯莎姨妈指给我看了一些以前去购物中心时她没有带我看的东西。

"那里的煮花生是北卡罗来纳州最好的。

"蓝岭公园路在那边。

"这条路通向布洛英罗克，那里有火车主题公园。"

我嘴上应着"哦""是""嗯"，其实心里在想杰吉。也许我不应该把我的房间收拾得那么整齐。也许我不去管它，她就会同情我，然后带我一起回罗利。

"天哪，查理，"杰吉也许会说，"你不能待在这个小房间里，睡在印着灰姑娘的枕头上。"我想象着她把头发甩到肩上，补充说："如果你打喷嚏太用力，这座房子很可能会从山上掉下来，你最好和我一起回家吧。"

伯莎姨妈给我讲到格兰德法瑟山的"一英里高空摇摆桥"时，我想象着我和愿望骨住进卡罗尔·李家的情景。但后来我开始担心了：如果卡罗尔·李的父母不喜欢狗怎么办？如果他们不喜欢我怎么办？

我还没来得及把太多的担忧堆积起来，车子就已经开到了长途汽车站旁。

下车后，伯莎姨妈摇了摇我的肩膀说："你兴奋吗？"

"有点吧。"我说，但事实是我的内心乱成了一团。

我们坐在一排黏糊糊的座椅上，等着杰吉的巴士驶来。伯莎姨妈和一个女人聊着天，那个女人带着一群很闹腾的孩子，孩子们绕着长途汽车站跑来跑去，他们甚至掀翻了报纸摊，而那个女人什么也没说。大约一分钟后，格斯姨夫便睡着了，他的头一直在往下点，直到下巴抵到胸前，他的脸颊则随着每一次呼吸而鼓起来。我由衷地希望他不会在杰吉面前叫我奶油豆。

终于，售票柜台后面的那个人喊道："从罗利来的94路巴士！"

我还没反应过来，杰吉就朝我扑过来了，她又高又美，满脸笑意。我几乎可以看到幸福像光环一样飘浮在她的头顶上。

她做的第一件事就是歪着头，指着她黑发中挑染的蓝发说："喜欢吗？"

"嗯，很好看。"我说。

"'炮筒子'发了一通脾气。"她咧嘴一笑，"但你知道我怎么说的吗？"她一甩头，头发里的蓝色挑染发丝在她身后甩来甩去。"我说，谁在乎呢？因为这是全新的我。"

全新的我？

这是什么意思？

是新生活的意思吗？

也许杰吉已经离开了原来的世界，找到了她的新生活，就像妈妈多年前尝试过的那样，寻找一种没有我的生活。

在回科尔比的路上，杰吉和伯莎姨妈叽叽喳喳地说个不停，好像她们已经是多年的好友一样。我们到家的时候，两人已经把接下来每一天的每一分钟都规划好了。

伯莎姨妈要教杰吉怎么做炸鸡，还有怎么给裙子缝拉链。她们打算去费尔维尤的旧货店，找一件杰吉在卡罗尔·李的教堂演出时需要的橄榄球衫。

她们要在花园里一起摘南瓜，再让杰吉带回罗利。伯莎姨妈要分享她的超级秘密食谱——炖南瓜配奶油蘑菇汤。

没完没了。

叽叽喳喳，叽叽喳喳。

嘿！我心想，那我呢？有人想和我一起做点什么吗？

伯莎姨妈一定是知道了我的心思，或者注意到了我下垂的肩膀，因为我们下车时，她说："我知道查理肯定很想带你参观科尔比，她现在对这里的每个角落都了如指掌了。"她说完对我眨了眨眼。"对吧，查理？"

"是的。"

"等着看愿望骨吧！"伯莎姨妈说。

我们刚进屋，愿望骨就蹦跳着朝我们跑来，耳朵上下拍打着，尾巴一摇一摇的。我跪下来，让它舔我的脸。

"哎呀，"杰吉说，"别让狗舌头进你嘴里。"

"它只是在亲我。"我把脸颊贴在它的鼻子上，"它爱我。"

杰吉做了个鬼脸。

"看这个。"我说。我向杰吉展示了愿望骨是如何坐下、握手和打滚的。

"哇，查理，"杰吉说，"我从来不知道你是这么好的驯狗师。"

"嗯，它很容易训练，因为它很聪明。等我们回到罗利的时候，我敢打赌它会学会更多的东西。"

杰吉扬起眉毛，抿了抿嘴唇，但她什么也没说。她在狭小的客厅里踱来踱去，研究了沙发旁桌子上的老照片，瞥了一眼伯莎姨妈的纱线筐，又参观了厨房。

"我喜欢你的房子。"杰吉对伯莎姨妈说。

"格斯的爷爷用自己的双手建造了它，"伯莎姨妈说，"对不对，格斯？"

格斯姨夫脸有点红，点了点头。

"看看后门廊。"伯莎姨妈指着厨房的方向说。

转眼间，杰吉已经站在外面，对风景和山脉以及这里的一切赞不绝口了。我坐在客厅的地板上，愿望骨依偎在我的腿上。我听着这个全新的杰吉说话，琢磨为什么旧的杰吉消失了。旧的杰吉会去看我的舞蹈表演，而妈妈和"炮筒子"却待在家里朝对方怒吼。旧的杰吉会用她的零用钱给我买一条友谊手链——学校里其他女生都有。在我生日那天，旧的杰吉会给我做纸杯蛋糕，让我带到学校，而妈妈却穿着浴袍看肥皂剧。

那样的杰吉走了，取而代之的是一个头发上做了蓝色挑染的新杰吉，她正站在门廊上，告诉伯莎姨妈她是多么爱蓝岭山脉。然后，这个新的杰吉说了一些旧杰吉永远不会说的话：

"查理能和你们在一起真是太幸运了。"

幸运吗？她觉得我被从这辈子唯一熟悉的地方拽出来，送去和从没见过面的人住在一起是幸运的？她觉得我的家庭四分五裂，家人各奔东西是幸运的？

然后伯莎姨妈说："不，我和格斯才是幸运的，对吧，格斯？"

"当然。"格斯姨夫说。

当他们从门廊回来时，伯莎姨妈说："查理，把杰吉带回你的房间吧，好让她把东西收拾好。"

于是，我把杰吉领到那个小房间，等着她说出我想象中她会说的话，比如这里有多可怕之类的。我想象着，即使我把房间收拾好了，她还是会说房间太小了。她会掀起那块钉在架子上的毛巾，看到那些罐头瓶，然后她会说我最好和她一起回罗利。

但是没有。这个新的杰吉说："我爱这个房间，查理。

你能相信你有了一个自己的房间，不用再像以前那样和别人一起住了吗？"

可是，那样不是很好吗？"我喜欢在家里和别人合住一个房间。"我让自己的声音听起来很可怜。

我本来还想给杰吉看看格斯姨夫塞在我衣柜里的衣服，但她一屁股坐在床上，说："是啊，但你能有一个自己的房间还是很好的。没有人会把脏袜子扔在地板上，也没有人把梳妆台上的空间都占满。"她踢掉凉鞋，靠在墙上。"别误会我。我喜欢卡罗尔·李家的所有人。但有时，我希望能一个人待着。我不想让她偷看我的东西，或者未经允许就用我的化妆品。"

杰吉把头发甩到肩上说："我真的很爱格斯姨夫和伯莎姨妈，你呢？"

现在我不得不说，这个问题让我措手不及，我也没想到我毫不犹豫地说："当然。"

我爱格斯姨夫和伯莎姨妈吗？我以前从没想过这个问题，也许我真的爱他们，毕竟大家都爱格斯姨夫和伯莎姨妈，因为他们就是值得被爱的人。

"你还给自己弄了只狗，查理！"杰吉说着，光着脚在愿望骨的背上蹭来蹭去。"似乎一切都对你很好——你有自己的房间和你自己的狗，和两个很好的人住在一起，他们不会每时每刻都互相咒骂和吼叫。"

然后杰吉从床上跳起来说:"带我去看看花园。"

那天晚上,伯莎姨妈做了烤奶酪三明治和土豆沙拉当晚餐,然后我们坐在门廊上,橙色的天空点缀着灰蓝色的云,雨水的味道和金银花的甜蜜香味混合在一起,蟋蟀在树林边的越橘丛里唧唧叫着。

伯莎姨妈和杰吉谈论着男孩,如果我不了解情况的话,我很难分辨出她们中哪个是少女,哪个是妇女。伯莎姨妈告诉杰吉,她第一次见到格斯姨夫是在 14 号公路上,当时姨夫正给姨妈爸爸的车修理瘪的轮胎。

"我这辈子从没见过那么帅的男孩,"伯莎姨妈说,"我的朋友杰米冲他抛媚眼,但我知道他看上的是我。对不对,格斯?"她戳了戳格斯姨夫,他一边嚼牙签一边点了点头。

后来,我和杰吉回到我的房间玩"疯狂 8"纸牌游戏,她告诉我她现在在和一个叫斯库特的男孩约会。他是韦克县的彩弹游戏冠军,有个表哥在海军陆战队,他想把表哥介绍给卡罗尔·李。

杰吉带了指甲油,所以我们涂了指甲油,讲了我们以前讲过无数次的笑话。

"不吃草的牛叫什么？"杰吉问。

"蜗牛。"我说，"青蛙会在餐馆里点什么菜？"

"法式苍蝇。"①

我们笑得好像那是世界上最好笑的笑话。自从杰吉在长途汽车站给我看她那挑染的蓝色发丝以来，她第一次看起来像以前的杰吉，我意识到了我是多么想念她。

我们把灯关掉后，杰吉很快就睡着了。她轻柔的鼾声在空气中飘荡，让我想起了以前我们在家中的房间里度过的那些夜晚。我想起了我们躺在黑暗中，听着妈妈和"炮筒子"吵吵嚷嚷的情景。当我还小的时候，有时我会爬到杰吉的床上，她会在我耳边唱歌，这样我就听不见他们互相谩骂的恶言恶语。

现在我们又睡在了同一个房间里，杰吉睡在我的床上，我和愿望骨一起睡在地板上的睡袋里。只不过这一次，我只听到杰吉轻柔的鼾声和树林里牛蛙的叫声。然后我想到杰吉对这座房子、门廊和我自己的房间赞不绝口的情景。在我的脑海里，我仍然能听到她说她多么爱格斯姨夫和伯莎姨妈，告诉我一切都对我很好。但后来我又想，

---

① 法式苍蝇的英文为 French flies，与炸薯条的英文 French fries 读音相近。

被赶出自己的家，和那些咯咯笑的孩子一起坐校车，感觉
自己像只无家可归的流浪狗，这有什么好呢？我把愿望骨
抱得更紧，亲了亲它的鼻子，我的思绪不停地跳跃，最后
我累坏了，睡着了。

第二十一章
我想成为她

接下来的几天里，我看着杰吉在科尔比附近转来转去，好像她生来就住在这里一样。她和邮递员谈论高中的橄榄球赛，带着冷炸鸡去伯莎姨妈的针织俱乐部。她还在车道尽头摆了一个蔬菜摊，和每一个停下来买豆子或南瓜的人聊天，给他们讲罗利那边的趣事，包括她的服务员工作以及她的新驾照的事。在费尔维尤的旧货店，当我看到她和店主对着某人带来的一顶又大又丑的帽子哈哈大笑时，我觉得这好像是我第一次见到她，也许这就是新的杰吉。我怎么从来没有注意到大家都那么爱她呢？就连伯莎姨妈的猫也对她爱得不得了，它们用头蹭她的腿，在她的腿上咕噜咕噜地叫。

奥多姆家的每个男孩都在她面前红着脸，说话结结巴

巴。每次我们去霍华德家的时候，他们都争先恐后地为她
打开车门，或者给她送冰柠檬水。

"我真不敢相信你会改装发动机。"我们第一天去拜访
奥多姆一家时，杰吉对伯尔说。接着，她来到车道上，眯
着眼睛盯着化油器之类的东西看，就好像这是她见过的最
迷人的东西。杰吉时不时地把头发甩到肩膀后，我心想伯
尔就要融化成砾石车道上的一摊水了。

奥多姆太太把糖粉甜甜圈带到门廊上，我们围坐在一
起，听杰吉讲华夫饼屋的故事。

"有一次，"杰吉说，"一位老太太坐着由司机驾驶的
豪华轿车来了。"她拂去膝上的糖粉，"你们能想象坐着由
司机开着的豪华轿车去华夫饼屋吗？"

每个人都说自己无法想象。

"但是她为了一个 4 美元的华夫饼给了我足足 20 美元
的小费，所以我没有抱怨。"杰吉说。

霍华德和德怀特瞪大眼睛说："哇！"

杰吉告诉我们，她和其他女服务员把华夫饼屋称作
"糟糕屋"。奥多姆家的男孩听了哄堂大笑，好像这是他们
听过的最有趣的事情。

然后杰吉把罗利的情况讲给了所有人：罗利有多么
大，有那么多商场和日光沙龙，甚至还有一个室内微型高

尔夫球场。

"你们真应该找个时间来看看,"她说,"我有驾照,卡罗尔·李有车。"

他们咧着嘴笑,点了点头,说他们很想去罗利。当我坐在门廊的台阶上时,我感到嫉妒之心刺中了我,这让我觉得局促不安。

那天下午晚些时候,我、霍华德还有愿望骨带着杰吉来到小溪边,她一分钟也没耽搁就脱了鞋,蹚进了冰冷的山间溪水中,她的笑声在树林里回荡。她回答了霍华德所有的八卦问题,连眼睛都不眨一下,表现得就像她每天都和乡巴佬混在一起一样。

"你去监狱探望你爸爸是什么感觉?"霍华德问。

听到他问这个问题,我恨不得一头撞死,但杰吉一点也不介意。

杰吉说:"我可以告诉你,这并不像在电视上看到的那么酷。我们只是坐在桌子旁,谈论学校之类的事情。他告诉我那里的食物有多糟糕,他出去后要做的第一件事就是吃大约 14 个汉堡。"

我想问杰吉,他们有没有谈论过我,但我害怕她会说没有,那样我会在霍华德面前看起来像个失败者。

我刚想提醒他,"炮筒子"在惩教机构,不是监狱,但他和杰吉已经开始谈论主日学校的圣经侦探游戏了。

"我敢打赌查理不擅长玩那个游戏，"杰吉说着捅了我一下，"在我们家，读《圣经》并不是一项受欢迎的活动，对吧，查理？"她又捅了我一下。

那天晚上，奥多姆太太邀请我、杰吉和他们一起吃晚饭。伯尔和伦尼从院子里给我们搬来了铝制草坪椅，为了坐在杰吉旁边，他们差点把对方撞倒。杰吉帮奥多姆太太把几盘火腿、几碗卷心菜沙拉和烤豆放在桌子上。当大家手拉手，德怀特做饭前祷告，感谢奥多姆太太做了烤豆，以及为新朋友的到来感到高兴的时候，杰吉连眼睛都没眨一下。

我发誓，当大家在桌前叽叽喳喳地说话时，我又觉得自己被忽视了。杰吉告诉他们，自己在十年级时担任鼓乐队指挥，在阵亡将士纪念日的游行中冒雨行进。

"那真是糟糕的一天！"杰吉说，大家听完都笑了。然后她问奥多姆先生关于他开木材运输车的工作。当他描述自己开车从科尔比到夏洛特再到格林维尤，以及两地之间的地方时，她说："去那么多不同的地方一定很有趣。"然后她又给奥多姆先生讲了她的朋友洛蕾塔，她在州际公路上的一个卡车停靠站上夜班。天哪，杰吉又有好多关于那些卡车司机的故事要讲。

奥多姆先生听了有点脸红，奥多姆太太很快就插话告诉我们霍华德在教堂获得了圣经侦探游戏的冠军。

"不可能！"杰吉说，"他没告诉我！"这下轮到霍华德脸红了。

愿望骨趴在科顿旁边的地板上，因为它知道很快就会有食物掉在地上。果然，它狼吞虎咽地吃了几片火腿和一些玉米面包屑，杰吉说："愿望骨！停下来！"

但奥多姆太太说："没关系，它能帮我保持地板干净。"

杰吉发出了银铃般的笑声，在那一刻，我想成为她。我想拥有她那轻易就能被人喜欢上的本事，我想拥有她那能看到事物好的一面的本领，我甚至想拥有她那乌黑亮丽的头发和蓝色挑染的发丝。但无论我多么渴望，我还是原来的我。

第二十二章
盛宴

那个周日，我们挤进格斯姨夫的车，驶往山下的教堂去做礼拜。杰吉给我编了法式辫子，就像她以前在罗利给我编的那样，伯莎姨妈对此赞不绝口。

"我很喜欢查理的发型！"伯莎姨妈说，"杰吉，你应该在美容院找份工作，你真的很有天赋。"

杰吉拍了下自己的额头，说她不敢相信自己以前竟从来没有想到过这一点。"我回家后可能会考虑一下。"她说。

然后伯莎姨妈给我们讲了一个关于她的朋友丹尼丝从美容学校退学的故事：

"她在上了三周的课后就退学了，嫁给了一个有钱人。可是不到两个月，她就跟那个有钱人的兄弟跑到亚特兰大去了。"

　　杰吉喜欢伯莎姨妈的故事，总是笑着说"不可能"或"我不敢相信"，而我和格斯姨夫只是沉默地坐着，假装感兴趣。

　　礼拜结束后，杰吉从联谊大厅的餐桌上抢到了些饼干，然后去停车场和十几岁的孩子们一起玩，就像她已经认识了他们一辈子一样。杰吉和我怎么会有这么大的不同？我确信她从不担心别人不喜欢她。毕竟，大家都喜欢她，所以又有什么好担心的呢？

　　那天下午，奥多姆一家要来格斯姨夫和伯莎姨妈家吃晚饭。伯莎姨妈总是把周日的晚餐看得很重要，这次奥多姆一家要来，这顿晚餐就成了一场盛大的宴会。

　　杰吉和我帮伯莎姨妈在院子里摆了几张折叠桌，我们把它们推到一起，然后在上面盖了一张床单当桌布。接着，杰吉摆上了装满野花的玻璃罐。

　　"看来英国贵族要来吃饭了。"格斯姨夫开玩笑说。

　　伯莎姨妈在厨房里忙来忙去，没过多久，屋子里就充满了各种各样的香味，台面上摆着装着黑眼豌豆和芜菁叶的碗，还有炖南瓜、西红柿片、炸秋葵、豆煮玉米、饼干、肉汁，还有布朗尼蛋糕和桃子馅饼。然后伯莎姨妈从烤箱里拿出一只大烤鸡，对大家说："好啦！现在，如果我能把猫赶出去，我们就万事大吉了。"

愿望骨坐在厨房门边，鼻子在空中抽动，尾巴摇得飞快。

"饭还没好，"我告诉愿望骨，"耐心一点。"

接着，我们听到伯尔的卡车开在砾石车道上的声音，我和愿望骨跑出去迎接奥多姆一家。

所有红头发的男孩都从卡车后面拥了出来，平时的前院除了篱笆柱子上的鸟叫声和花园里洒水器的喷溅声之外，是那么安静，现在却热闹极了。德怀特和伦尼奔跑着，打闹着，甚至在篱笆上爬；科顿在追猫；奥多姆太太忙着进屋帮伯莎姨妈准备食物；奥多姆先生和格斯姨夫坐在草坪椅上，谈论上周在夏洛特举行的赛车比赛；霍华德和我在扔网球，让愿望骨去接。

这时杰吉走了出来，她看起来像美国小姐一般，我都感觉伯尔会晕倒在红土地上。除了杰吉，其他人都换下了去教堂穿的衣服。她穿着白色背心裙，光着脚，昂首阔步地穿过院子，我从未见过她这么漂亮的模样。我还扎着法式辫子，所以也许我看起来也很漂亮，即使我穿着短裤和破旧的 T 恤。我希望如此，但我知道我永远不可能像杰吉那么漂亮。

没过多久，伯莎姨妈叫大家进屋把自己的盘子装满。那些男孩喜欢把门撞开，冲进厨房。然后我们坐在院子里的折叠桌前，手牵着手，由奥多姆先生带领做饭前祷告。格斯姨夫和伯莎姨妈通常不做祷告，但我猜他们是为了让客人觉得舒服才这么做了。奥多姆先生确实有很多事情要感谢——从这美好的一天到那些芜菁叶，最后他说："感谢这两位漂亮的年轻女士来科尔比，让她们的阳光照亮我们。"

我知道我应该闭上眼睛，但我还是眯着眼瞥了一下，看到杰吉正咧着嘴对我眨眼。

我们大声说了一声"阿门"后，每个人都开始狼吞虎咽，就像再也吃不到饭一样。奥多姆太太和伯莎姨妈不停地跑回厨房，端出更多的西红柿或者豆煮玉米，杰吉给大家倒甜茶，格斯姨夫把猫赶走。愿望骨坐在科顿旁边，希望他会掉下一只鸡腿。

当伯莎姨妈端出甜点的时候，每个人都揉着肚子说他们再也吃不下一口了，不过，也许还能吃一点桃子馅饼。

科顿的身子探过桌子，去拿布朗尼蛋糕，他突然说："嘿，看！愿望骨！"

在泛着油光的餐盘里，有一块"愿望骨"。①

---

① 这里的愿望骨指禽类身上的一块骨头，呈 Y 字形。两人各持骨头分叉的一端，将这块骨头拉开，得大块骨头者被认为其愿望能成真。

当我的狗——愿望骨听到自己的名字时，它立马跑到了科顿身边，可能以为自己能吃到一些好东西。

"谁想和我一起拉开愿望骨？"科顿问。

德怀特跳了起来，说："我！"

"不！"我喊道，把德怀特推开，"必须是我！"

当德怀特试图抓住骨头时，科顿把骨头藏在了背后。

"是我先说的，查理。"德怀特说。

我跺了跺脚。"不！愿望骨是我的！"我感到一阵怒火涌上心头，我竭力克制自己不去推德怀特。

当我又在跺脚时，霍华德匆匆走过来，在我耳边低声说"菠萝"。

杰吉摇了摇我的肩膀，厉声说："天哪，查理，别为了一块破骨头小题大做。"

但霍华德插话道："来吧，德怀特，让查理拉开愿望骨吧。"

天哪，霍华德会不会告诉大家我每天都会许下一个愿望？我没跟他说过不要告诉任何人，现在我打赌他会说出来我每天许愿的事，然后每个人都会认为我疯了。

但他没有说出来。

他只是跟德怀特说，如果德怀特同意让我和科顿一起拉开愿望骨，他就给德怀特一些圣经币。

"给多少？"德怀特问道。

"三个。"

"给五个。"

"好吧。"

于是德怀特跑去吃另一块布朗尼蛋糕。科顿把愿望骨递给我，我们各自握住一端，闭上眼睛。我许了个愿，然后我一拉。

啪！

骨头断成两块，你猜怎么着？我得到了大的一块！就是能让愿望成真的那一块。

"见鬼！"科顿说着，把他那块骨头扔到桌子上。

我还没来得及感谢霍华德对我的帮助，奥多姆先生就宣布他们该走了，然后他们又挤回伯尔的卡车里。

我知道我应该和杰吉一起帮伯莎姨妈打扫厨房，但我却坐在院子里，搂着愿望骨，看着那辆卡车在砾石车道上蹦蹦跳跳地开走了，车上载满了善良的奥多姆一家。当卡车拐上大路时，我大声喊道："谢谢！"我想霍华德可能听不见我说话，但我看到他对我竖起拇指，然后卡车便消失在我的视线里。

第二十三章
爱她的一切

　　杰吉在科尔比的最后一天，她和伯莎姨妈一起坐在我房间的缝纫机前，一边缝制拉链，一边谈论男孩、衣服和电影明星。我则和愿望骨一起待在院子里。它在阳光下睡觉，我在棚屋旁的金盏花丛间拔杂草。

　　我不愿意去想杰吉一会儿就会坐上去罗利的巴士，回归她幸福的生活：和卡罗尔·李一起涂指甲，和彩弹游戏冠军斯库特约会，甚至可能去美容学校。当我想到她要把我抛在身后时，每一根杂草都像针一样刺痛了我的心。杰吉和伯莎姨妈缝制完拉链以后，院子里的杂草已经被我拔得一根都不剩了，我心痛得想哭。

　　晚些时候，我、杰吉，还有愿望骨一同去了奥多姆家，好让杰吉跟他们告别。男孩们坐在门廊的台阶上，每个人都是一副要去参加葬礼的样子。

"你们一定都要来罗利看我,"杰吉张开双臂说,"每一个人都要来,我们会度过最美好的时光。"

男孩们严肃地点点头,科顿甚至擦了擦眼泪。

"如果我还在那家华夫饼屋工作,你们来找我,我免费送你们两块巧克力碎华夫饼。"

科顿兴奋起来。"巧克力碎华夫饼?"

杰吉点点头。"对,我保证在你的那份里多放一些巧克力碎,可以吧?"

科顿咧嘴一笑。

"我打赌查理会想你的。"霍华德说。

杰吉用胳膊搂住我的肩膀。"当然,我也会想她的,不过她可以来看我。"

"看你?"我说,"我要回到罗利生活。"我用手在愿望骨的背上揉了揉。"你知道的,等妈妈把脚放在地上的时候。"我补充道。

杰吉低头看着她的大腿。愿望骨的尾巴在干燥的红土地上扫来扫去。

"好吧,那么,"杰吉说,"我想我该好好拥抱一下大家了。"她张开了双臂。

每个男孩都给了她一个迅速而笨拙的拥抱。

接着，奥多姆太太跑出房子，说："杰吉，你在科尔比真的给我们带来了快乐和幸福。"

然后她和杰吉拥抱了一下，之后我们就回家了。

那天晚上，伯莎姨妈做了一顿特别的晚餐，有肉饼、青豆、炸青西红柿和红薯派。愿望骨卧在我的椅子旁边，等着有人时不时地扔给它一块肉饼。我得承认我们把它惯坏了，它现在简直是一个世界级的乞食高手。

我们在门廊上坐了一会儿后，我和杰吉回到了我的房间。我给愿望骨梳着毛，杰吉收拾着行李，她把她的短裤和其他东西都一股脑地塞进了她的行李袋。接着，她又一次告诉我有这么好的地方住是多么幸运的事。

我看着她把指甲油拿起来扔进行李袋，觉得自己更可怜了。

"我接下来要怎么办？"我想问杰吉，但我没有。

熄灯后，我抬头望着天花板，看着山茱萸的影子在月光下翩翩起舞。然后我深吸了一口气，问："我能和你一起回罗利吗？"

随之而来的沉默几乎把我吞没，我能感觉到我的心在胸口跳动，愿望骨温暖的呼吸贴着我的脸颊。然后杰吉下了床，坐在我的睡袋旁边。

"什么都不会改变，查理，"她说，"我以前认为会有变化，但现在我不这么认为了。'炮筒子'还会是'炮筒子'，妈妈还是那个妈妈，你和我只能靠自己了，没有魔法棒能解决问题。"

我不想相信这些，所以我把这些话抛到一边，这样我就不用去想它们了。然后我说："你知道吗？妈妈在我们很小的时候就抛弃过我们，她只带着装满衣服的垃圾袋就走了，去开始新生活。"

杰吉深深地叹了口气。"是的，我确实知道。"

"你怎么知道的？"

"如果你七岁的时候妈妈连一声再见都没说就走了，你也永远不会忘记的。"

"为什么你从来没告诉过我？"我问。

杰吉把手放在我的背上，轻轻画着圈。"因为我不想让你恨妈妈。"她说。

"你恨妈妈吗？"

"不。"她把我的头发捋到耳后，"我不太喜欢她，但我不恨她。"

"那为什么我不能和你住在一起呢？"我问得那么小声，几乎像耳语。

杰吉抱着她的膝盖。"查理，我不能永远和卡罗尔·李住在一起。我在存钱，我和维琳·贾维斯要合租一套公寓。我不能像格斯姨夫和伯莎姨妈那样无微不至地照顾你，"她说，"说实话，我连自己都照顾不过来。"

我们默默地坐了一会儿，然后杰吉说："你在这里过得很好，查理。格斯姨夫和伯莎姨妈都爱你，把你当公主一样对待，奥多姆一家都因你的到来感谢上天。还有霍华德，再也没有比他更好的朋友了。你拥有美丽的山脉、花园，坐在门廊上就像坐在天堂的一边。"

愿望骨蹬了蹬它的腿，发出低低的呜咽声，好像在做梦。杰吉揉了揉它的肚子，说："还有一只爱你胜过一切的狗。"

我看着愿望骨，想起伯莎姨妈说狗"无论如何都爱你"，顿时觉得心几乎要炸裂了。

"别恨我，查理。"杰吉说。

恨她？

我爱她的一切！我喜欢旧的杰吉和全新的杰吉。为什么我不告诉她呢？我想大概是因为我还没怎么练习说"我爱你"，所以我只是默默坐在黑暗中，听着愿望骨在睡梦中颤抖的动静，最后憋出一句："我真的很喜欢你头发里挑染的蓝色发丝。"

第二十四章
便条

　　杰吉离开后的那周，我开始去罗基溪浸信会教堂的暑假圣经学校。我告诉过伯莎姨妈我不想去，但她一直劝我，说我会非常喜欢那里的。

　　"当我还是个女孩的时候，我每年夏天都去暑假圣经学校，"伯莎姨妈说，"我喜欢它的一切——玩游戏、做手工、唱赞美诗。"

　　她接着告诉我他们当时是如何做喂鸟器的：把花生酱涂在松果上，然后把它放进鸟食里滚一滚。"我还做了很多编织挂绳，起码做了一百根。"她笑着摇了摇头，"还做了编织的钥匙链，我喜欢干这些。而且，霍华德和主日学校的孩子都会去。"

　　于是最后我答应了，但就在去学校的前一天，伯莎姨妈带回来一个饭盒，上面画着小马和彩虹。

"我真不敢相信，过去我竟然让你用那么难看的旧纸袋把午餐带到学校去。"伯莎姨妈说。

"我可不会用这个饭盒！"我说。

伯莎姨妈的笑容消失了。"哦，"她说，"好吧。"

我知道我伤害了她的感情，但我绝不会用那个饭盒的。

伯莎姨妈把它从厨房台面上拿了起来，放到橱柜的最顶层。"我不知道我当时在想什么，"她说，"这东西确实傻透了。"

伯莎姨妈把我的午餐装在一个棕色纸袋里，然后我就去暑假圣经学校了。

大家在院子里的阴凉处围成一圈坐着，听伦达小姐介绍接下来我们将会玩得多开心。尽管我们从主日学校就认识彼此了，她还是说："首先，我想让每个人说出自己的名字，然后说三件关于你自己的趣事。"

我立刻想到了在科尔比上学的第一天和那张"让大家认识你"的单子。但这次轮到我说的时候，我没有说我喜欢足球、芭蕾和打架，而是说："我有一只叫愿望骨的小狗。我的姐姐在华夫饼屋工作。我的姨妈伯莎养了七只猫。"

　　我们整个上午都在用纸做碗，还唱了一首关于摩西在芦苇丛中的歌。午餐时间到了，我拿起棕色纸袋，坐在奥德丽·米切尔旁边。我已经下定决心，从现在起我要更像杰吉一些——冷静、自信，还要广交朋友。

　　但还没等我想出要对奥德丽说什么，霍华德就扑通一声坐在我身边。

　　"伯尔给杰吉写了一封信。"他说。

　　"什么？"

　　霍华德耸了耸肩。"结果伦尼从他手里把信抢了过来，他们俩打了一架。伯尔在屋子里追着他骂，还打碎了一盏台灯。"他掀起三明治的一角，检查里面的火腿和芥末。

　　"伯尔抢回信了吗？"我问。

　　霍华德用手掌把三明治压扁。"抢回来了，"他说，"但是信被撕破了，现在他们因为说脏话和打碎台灯，都被禁足了。"他捋了捋湿漉漉的红头发。他布满雀斑的手臂被太阳晒得通红。他接着还告诉我，德怀特在棒球夏令营里弄断了小指。

　　霍华德说话的时候，我用余光看着奥德丽。她盘腿坐着，膝上放着一张餐巾纸。她的头发上别着蝴蝶发夹，运动鞋上没有一点污垢。她的饭盒很普通，上面没有小马或彩虹图案。她打开饭盒，往里看了看，然后拿出一个装满葡萄的塑料袋、一个用锡纸包着的东西，还有一张折叠起来的纸。

在奥德丽展开那张纸的时候，我向她靠近了一点，假装在听霍华德说话。那是一张字迹潇洒的大字便条。当她把便条放在葡萄旁边的草地上时，我眯起眼睛，试图看清写的是什么。

"科顿身上有两只虱子，"霍华德说，"所以妈妈让他在院子里脱光衣服。"

几个孩子咯咯地笑了起来，我瞪了霍华德一眼。没人想在吃午饭的时候听到"脱光衣服"这个词。但霍华德继续说了下去，好像他根本没意识到。

就在这时，一个我不认识的女孩说："坐这里吧，奥德丽。"然后她拍了拍她旁边的地面。于是奥德丽拿起葡萄和其他东西，远离了我和霍华德，却留下了那张纸，我立刻用脚踩在那上面。

当奥德丽和那个女孩聊着游泳课和足球夏令营的时候，我抓起那张纸塞进了口袋。

"那是什么？"霍华德问道。

"什么是什么？"

"那张纸。"

"什么纸？"

“你口袋里的那张纸。”

“没什么。”

霍华德擦了擦短裤上的一点芥末，说：“好吧。”

整个下午，当我们大声朗读圣经故事，看着伦达小姐十几岁的儿子表演魔术的时候，我一直在想口袋里的那张便条。每隔一段时间，我就把手伸进口袋，用手指包住它。

我终于有机会了。霍华德正在帮伦达小姐把圣经故事书搬回教堂，奥德丽忙着和除了我之外的所有人做朋友。于是我从口袋里拿出那张纸读了起来。

　　　　愿你在暑假圣经学校玩得开心。我会想你
　　的。我非常爱你。

　　　　　　　　　　　　　　　　妈妈

我迅速地把它叠好，塞回口袋里。我看着奥德丽和一个女孩手挽着手，说着悄悄话。我闭上眼睛，在我的脑海里，我变成了奥德丽——一个穿着一尘不染的运动鞋的女孩，有一个可以分享秘密的朋友，有一个会在便条上写“我非常爱你”的妈妈。但当我睁开眼睛时，我又变回了我。

那天晚上我们吃的是玉米棒。我数了数我的玉米棒上的玉米有多少列，简直不敢相信，正好是十四列，这在我的许愿事物清单上。我又数了一遍以确定无误，然后闭上眼睛许了个愿。

"哦，我差点忘了！"伯莎姨妈说着从桌边跳了起来。她从厨房台面上拿了个东西递给我。

一个饭盒。

一个普通的饭盒，上面没有小马和彩虹图案。

她扬起眉毛问："你觉得怎么样？是不是更好了？"

一阵内疚感席卷了我的心。想到伯莎姨妈又花钱给我买了一个新饭盒，我就感到难过。我应该选那个有彩虹和小马图案的饭盒，然后心怀感激。我打赌杰吉会这样做的，可是我没有，而伯莎姨妈依然对我这么好。

"是的，姨妈，"我说，"谢谢你。"

然后我们走到门廊上，给愿望骨扔网球，直到它玩累了，在我脚边睡着了。我看着太阳慢慢地落在山后，用手拢着口袋里的那张便条，想象着奥德丽的妈妈把葡萄放进塑料袋里，然后写了那张便条。我想知道奥德丽的家人是什么样的，就是她在教堂的恩典花园的花朵上写下的家人。我知道她的爸爸肯定不会在什么地方接受惩教。我敢打赌，她有个姐姐，下雨天她们一起打牌，晚上躲在被窝里说悄悄话。我还确信她的妈妈会一直把脚放在地上。

天黑了，蚊子出来了，我和愿望骨回到了我的房间。我在背包里翻来翻去，终于找到了一张纸和一支笔。我把纸撕成两半，坐在地板上写道：

我非常爱你。

妈妈

我把纸叠起来压到枕头下面，然后关了灯，吻了吻愿望骨的头顶。

第二十五章
维护霍华德

第二天，在圣经学校，我们做了印着十诫的磁铁瓶盖，然后玩了个游戏——每个人必须用皱纹纸裹满全身，就像穿了约瑟①的彩衣一样，然后在障碍跑道上赛跑。我猜伦达小姐想出这个游戏的时候忘了霍华德一瘸一拐的走路姿势。霍华德最后一个冲过终点，他的彩衣已经破了，但他似乎并不在意。

午餐时，大家坐在阴凉处，每个人都拿出饭盒。霍华德在帮伦达小姐收集所有的皱纹纸，我呢，扑通一声坐在奥德丽旁边。

"嘿！"我说。

①《圣经》中的人物。

"嘿。"奥德丽回应，然后她往一个叫莱妮的女孩那边挪了挪，那个女孩的腿上全是痂。我不敢相信奥德丽宁愿坐得离一个满腿是痂的女孩更近，也不愿靠近我，不过她确实做了这样的选择。我已经为踢她的那件事跟她道过歉了，不是吗？我不知道我还能做些什么来和她交朋友。

我打开我的新饭盒，拿出伯莎姨妈为我打包的东西：涂着花生酱的百吉饼、放在人造黄油桶里的草莓，还有一些她做的饼干，底部有点烤焦了。然后我拿出了我前一天晚上写的便条，上面写着"我非常爱你。妈妈"。

我展开便条，把它举在我面前，然后我清了清嗓子好让奥德丽朝我这边看，最好看到这张纸，但她正忙着搅拌酸奶。

于是我把那张纸扔在草地上，它几乎就落在奥德丽面前。

"你的垃圾掉了。"她说。

"什么？"

"那是你的垃圾。"她指着那张纸。

"你是说那张便条吗？"

奥德丽耸耸肩。"不管是什么"。

"这是我妈妈写的，"我翻了个白眼，"她老爱搞这一套。"我把那张纸推得离奥德丽更近一点，也许她会读一读。

"我以为你和你姨妈、姨夫住在一起呢。"奥德丽说。

"嗯，也不是一直都这样。我是说，大多数时候我和姨妈、姨夫在一起。但是我妈妈经常来看我，她总是写这些便条。"我知道我的脸红得像甜菜根，所以我一直盯着地面。

奥德丽做了个鬼脸。"你不应该在暑假圣经学校撒谎。"她说"圣经"这个词的时候声音很大，听起来很刻薄。

在我意识到自己做了什么之前，我已经站在了奥德丽身边，攥紧拳头，心跳得像疯了一样。我感到火辣辣的愤怒感像毯子一样裹着我。我真想踩到她那双洁白的运动鞋上，把她头发上的蝴蝶发夹扯下来。这时，霍华德从我身后走过来说："菠萝！菠萝！菠萝！"

奥德丽抓起酸奶和饭盒站了起来。"你们都疯了。"她说完，气冲冲地朝教堂走去。

"怎么回事，查理？"霍华德问，"你要在教堂打人吗？"

我坐回草地上，把我的百吉饼和其他东西扔进我的饭盒里。

霍华德坐在我旁边。"你为什么这么生气？"

"她说我撒谎了。"

"你撒谎了吗？"

"没有。"我抓起那张愚蠢的便条扔进了饭盒。

霍华德从眼镜上方看着我，就像一个上了年纪的成年人那样。"那就没理由生气了。"他看了一眼我的饭盒，"你还吃那个百吉饼吗？"

我花了好一段时间去冷静，好在我最终还是冷静下来了。不过，我肯定没有心情去背经文了。一直熬到快回家的时间，伦达小姐叫我们进教堂帮忙摆好主日学校用的椅子。

当霍华德走向教堂时，T. J. 雷尼跟随在他身后，学霍华德一瘸一拐地走。雷尼环顾四周，确保每个人都在看他。他脸上挂着大大的笑容，好像他是宇宙中最有趣的人。

突然，霍华德转过身来，但雷尼却没有停下来，继续朝霍华德走去。

一上，

一下，

一上，

一下。

接下来发生的事让我简直不敢相信自己的眼睛：霍华德只是转身走了，就像什么都没发生过一样。

好吧，我可以肯定地告诉你，世界上再多的"菠萝"也不足以阻止我全速冲向雷尼。我把胳膊举在身前，伸得笔直，砰！他被我推得头猛地向后一甩，脸朝下摔在泥土上。

我承认，当他站起来把我推倒在地时，我感到非常惊讶。我挣扎着站起来，正准备狠狠地揍他一顿，这时，伦达小姐站在我和雷尼之间，双拳插在腰间，脸上露出一副震惊的表情。

"马上停下来！"她喊道，"这不是圣经学校里该出现的行为！"

于是，我就这样和雷尼一起坐在教堂的长椅上，听伦达小姐谈论宽恕、善良、仁慈、高雅，以及诸如此类的东西。在我看来，穿着一尘不染的运动鞋的奥德丽·米切尔才应该坐在这里，听伦达小姐讲诸如"己所不欲，勿施于人"的大道理。雷尼时不时地瞪我一眼，我就会立刻瞪回去。

伯莎姨妈来接我时，伦达小姐不得不告诉她发生了什么事。伯莎姨妈点了点头，说了"哦，天哪""好的，女士""我会的"，然后我们默默地开车回家。如果是妈妈，她一定会对我大吼大叫，问我到底怎么了，问我哪一天能不惹麻烦。但伯莎姨妈不是妈妈，她把手伸过来，拍了拍我的膝盖，说："查理，你是霍华德的好朋友。"

回到家后，我和愿望骨走到屋前，坐在山茱萸的树荫下。空气静而热，红土院子里很干燥，尘土飞扬。伯莎姨妈在前门种的旱金莲从花盆的四周耷拉下来，都垂到了地上。洒水器在花园里一圈又一圈地喷水，在秋葵上留下了闪闪发光的水珠。水珠从秋葵上滴落下来，汇聚在黄瓜花的花芯里，形成一个个小水洼。

我刚到科尔比的时候，花园里的大部分地方都是一排排从地里探出头来的小绿苗。而现在，饱满的红色西红柿一天比一天胖，黄色的花朵变成了鲜绿色的西葫芦，扁豆藤沿着绳子盘绕成绿叶帐篷，一簇簇的扁豆垂挂其间。

一只冠蓝鸦落在我们附近的院子里，愿望骨竖起了耳朵。它歪着头，看着那只鸟在篱笆边的金盏花之间跳来跳去。我用胳膊搂住愿望骨，用手指揉搓着它长长的、柔软的耳朵。它舔着我的脸，尾巴在地面上来回扫，扬起一片土。

"我发誓那只狗爱死你了。"伯莎姨妈总是这么对我说。

我相信这是真的，它已经到了不让我离开它视线的地步——跟着我从一个房间转到另一个房间，躺在餐桌下我的椅子旁，头枕着我的脚在门廊上睡觉。在院子里我甚至都不需要给它拴绳了。无论我走到哪里，它都陪在我身边。它可能会小跑过去嗅一嗅灌木丛，或者扑咬门廊边三叶草上的大黄蜂，但它总会回头看看我是否还在原地。每次它这么做，我都更爱它。

过了一会儿，伯莎姨妈出来了，给我们带来了涂了花生酱的咸饼干。她让愿望骨直接从她手上吃了一块，被舔得满手口水也毫不介意。然后，她突然对我说："查理，我真的很佩服你能维护霍华德，就像你今天做的那样。"

佩服我？

嗯，这是第一次。

我很确定，在此之前没有人佩服过我。

"真的吗？"我说。

她点了点头。"千真万确。"

于是我们坐在山茱萸的树荫下，太阳晒着红土院子。伯莎姨妈给我讲了一个故事，是她小时候某年夏天和我妈妈去湖边玩的故事。

"卡拉一生中从未在比浴缸更深的水里待过，"伯莎姨妈说，"所以当她从码头掉进浑浊的水中时，每个人都吓疯了。但是，我发誓，她就像软木塞一样突然从水下冒了出来，连一口水都没有呛到。然后她就仰面漂浮在水面上，盯着天空，而大家在码头上跑来跑去，大喊大叫，我的贾罗德叔叔跟着她跳进水里，把他崭新的手表都弄坏了。"伯莎姨妈咯咯地笑着，伸手驱赶在睡觉的愿望骨身边盘旋的蚊虫。"那女孩有时候真是个行走的奇迹。"她说。

我不禁问自己，一个连起床、把脚放在地上都做不到的女人，怎么可能成为一个行走的奇迹？不过此刻我仍然沉浸在被人佩服的喜悦中，所以这一次，我保持沉默，没有把事情搞砸。

"有一次，"伯莎姨妈接着说，"她剪掉了我衬衫上的所有纽扣。"伯莎姨妈用手指模仿着剪刀的动作，"咔嚓，咔嚓，咔嚓，纽扣全掉在地上。"

"她为什么要那样做？"

"这可把我问住了。"伯莎姨妈说，"她做了你从未见过的各种疯事。"她突然伸手抓住我的膝盖，"嗯……也不是真疯，只是……你知道……有点……嗯……奇怪。"

她放开了我的膝盖，继续驱赶愿望骨身边的蚊虫。"我唯一记得的是，我们可怜的妈妈曾经说过：'卡拉，别这样。'"

我点了点头，脑海中浮现出一幅清晰的画面：小卡拉在剪那些纽扣，咔嚓，咔嚓，咔嚓。

不久，格斯姨夫的车在砾石车道上颠簸着驶来，发出嘎吱嘎吱的声音。

"嘿，奶油豆。"他向窗外喊道。

然后他下了车，吻了吻伯莎姨妈的脸颊，拍了拍愿望骨的头，然后告诉我，我是他漫长而糟糕的一天结束时的一缕阳光。

那天晚上，我躺在凉爽的床单上，愿望骨柔软温暖的身体依偎在我旁边。我想起了我在罗利的那个破碎的家庭，不知道我的家人是否在想我，是否认为我是他们在漫长而糟糕的一天结束时的一缕阳光。

第二十六章
成为朋友

"那是什么？"

奥德丽·米切尔指着我的手问，当时我们正在联谊大厅里玩圣经游戏。整个上午都在下雨，所以我们不能像伦达小姐计划的那样去室外举行气球赛跑。

我低头凝视着手背上的涂鸦，那是我用笔画的。

"一只笼子里的乌鸦。"我说，然后像杰吉那样甩了甩自己的头发。

奥德丽皱起了眉，就好像看到一只被压扁的负鼠躺在路中间一样。

"给你看。"我说着，把手伸到她面前，冲她眨眨眼。我努力做着所有杰吉会做的事情——甩头发，眨眼睛，表现得冷静和自信。但到目前为止，这些努力似乎并没有起作用。圣经学校的大多数孩子还是把我当身上有虱子的人一样对待。

"画这个有什么用？"奥德丽问。

然后最奇妙的事情发生了。我想，成为一缕阳光给了我一些真正的自信，而不是假装的自信，因为我直视着她的眼睛说："这和我爸爸手上的文身一模一样。"

这些自信的话语刚一出口，"老怀疑"先生就拍了拍我的肩膀，说："看看你都干了些什么。她会问你爸爸在哪里，然后你要怎么回答？"

但奇迹中的奇迹发生了，奥德丽没有问我爸爸在哪里。她只是说了声"哦"，然后研究她的圣经游戏牌。

于是我把"老怀疑"先生推到一边，说："他叫'炮筒子'，现在正在接受惩教。"

奥德丽在她的游戏牌上又放了一个代币。"这是什么意思？"她问。

"意思是他正在接受惩教，"我说，"现在他随时都可能回家。"

"那么你要回罗利吗？"她问。

听见这句话，霍华德从研究游戏牌的过程中抬起头来，盯着我。

"嗯，是的，"我说，"当然。"

"什么时候？"霍华德问。

我耸了耸肩。"我不知道。等'炮筒子'不用接受惩教的时候就行吧。"

突然间，我的自信开始失去控制，不停地旋转，转得越来越快，最后它穿过天花板，冲出罗基溪浸信会教堂的屋顶，消失在天空中，把我留在联谊大厅里，肚子隐隐作痛。我舔了舔拇指，然后去擦那个乌鸦文身，在手上留下了一个脏兮兮的黑斑。

突然，有人喊道："答对了！"伦达小姐拍了拍手，指着那张摆满奖品的桌子：涂色书、闪闪发光的笔，还有形状像挪亚方舟的橡皮。

"把牌洗了，"伦达小姐说，"我们开始新一轮游戏吧。"

晚些时候，我和霍华德坐在奥多姆家前廊的台阶上，看着愿望骨和科顿在洒水器旁玩耍。科顿跳过一个个泥水坑，愿望骨跟在他后面蹦蹦跳跳，耳朵耷拉着，尾巴不停地摇。

"我一直在想一件事，"霍华德一边说，一边挠着他带着雀斑的腿上被蚊子咬的地方，"什么理由让你昨天在圣经学校推了雷尼？"

"什么意思?"我问。

"我是说,你为什么要推他?"

"他在取笑你,霍华德。"

"我知道。"

我盯着他。他眼镜上方的眉毛紧紧地拧在一起,他看上去是那么严肃,有一会儿,我差点笑出来。但接着,他说:"他是在取笑我,不是取笑你。"

"那么你才是那个应该推他的人。"我说。

"我不会推他。"

"为什么不?"我问,"你为什么让孩子们取笑你,却不为此做点什么呢?"

"因为我要为此做点什么的话,我这辈子每天都得推别人。"

"所以?"

"所以,那有什么好处呢?"

我们默默地坐了几分钟。科顿在泥里跳着,愿望骨追咬着从洒水器里喷出来的水。

"但是……你为什么要推雷尼?"霍华德问道。

"因为他对你很刻薄。"我擦去腿上的泥水。"这还用问。"我补充道。

"你为什么在意这个?"

"因为你是我的朋友，"我说，"我不喜欢别人对我的朋友刻薄，懂吗？"

"我是你的朋友？"

"你当然是。"我说。"废话！"我又加了一句。

"我？"

"嗯，是的。"

"我的愿望实现了！"

"真的吗？"

"是的。"霍华德的脸有点红，他那白皙的带有雀斑的脸变成淡粉色的了。"嗯，至少实现了一部分。我的愿望有两部分，既然其中一部分愿望成真了，我可以告诉你了。这部分的愿望是希望我们能成为朋友。"

见鬼！这我可怎么也想不到！你可能会觉得，一个红头发、戴眼镜、名叫霍华德、走路一瘸一拐的男孩，除了和我做朋友肯定还有很多其他的愿望。但我承认，此刻我的脸上挂着微笑，心中充满希望，因为也许愿望真的会成真。也许只是有些愿望实现所需的时间比其他的要长。

第二十七章
被发现了

第二天圣经学校放学后，我和愿望骨坐在屋前，格斯姨夫则在花园里干活。小鹟鹨和麻雀在院子里跳来跳去，有时还会飞到篱笆柱上的喂鸟器跟前。过了一会儿，伯莎姨妈出来了，后面还跟着两只猫。她的身上闻起来有薰衣草的味道，我不禁注意到她长得很像妈妈，头发卷曲着贴在脸旁，眼睛周围长了些皱纹。

我以为伯莎姨妈会给我讲一个关于她针织俱乐部里某位女士的故事，但她说："我发现了那张便条。"

我的胃一下子收紧了，有那么一刻我甚至觉得有点害怕。

"嗯……"

"就是你饭盒里的那张便条。"她说。

好吧，现在我还能说什么呢？我觉得写这张便条的自己像个傻孩子，我想让伯莎姨妈离开，不想谈论那张便条。

但伯莎姨妈没有走开，她坐下来，抚摸着在她腿上打呼噜的猫咪，凝视着在花园里除草的格斯姨夫。然后她说："你知道吗？查理，我和格斯一直想要个孩子。"她光着脚，蹭了蹭愿望骨的肚子，继续说："在一起的那些日子里，我们收获了很多幸福，唯一遗憾的是我们没有孩子。所以，嗯……"

我看着她蹭愿望骨的那只脚，等着她继续说。

"嗯，"伯莎姨妈说，"我想，我只是不太擅长做妈妈们会做的事情。"

我的心一沉，拼命想说点什么，但我真的想不出来。

"当我看到这张便条时，我真想踢自己一脚，"伯莎姨妈接着说，"我怎么没想到一个小女孩多么希望她的饭盒里有一张这样的便条呢？我多么希望我想到了我应该那样做，但我没有，就像我没想到那个印着小马和彩虹的饭盒很傻一样。"

伯莎姨妈把手放在我的膝盖上，由于长时间日晒，她的手变得黝黑。因为她经常在花园里拔杂草，她的指甲变得粗糙，指甲缝里脏兮兮的。

"所以，我希望你在我学习的过程中对我有些耐心。"
她说。

我低下头，又点了点头，我很想对她说些好听的话。
我应该说："哦，别担心，那个印着小马和彩虹的饭盒没
什么大不了的。"我应该说："我根本不在乎那张蠢便条。"

但事实是，我能做的就是坐在那里感受她温暖的手，
呼吸她身上的薰衣草味道。

"我们去帮格斯吧。"伯莎姨妈说。

于是我们三个人一起拔杂草、摘豆子、掐掉枯萎的金
盏花。愿望骨坐在大门外，大叫着要进去，但因为它总爱
刨土，所以没被允许进来。

完事后，我们都爬进了格斯姨夫的车，接上霍华德，
下山去买冰淇淋。愿望骨把头伸出窗外，耳朵在风中疯
狂地拍打着，我和霍华德则唱起了在圣经学校中学到的
歌曲。

每隔一段时间，我们就会经过一片空地，便可以看到
一望无际的群山。一层蓝色的烟雾飘过树梢，使我想起我
到科尔比的第一天，格斯姨夫告诉我为什么这里被称为蓝
岭山脉。我和那些我不认识的孩子一起坐在校车上穿过这
个小镇，一路上，每一个自助洗衣店、移动房屋公园和破
旧的小房子都是我所见过的最凄凉的东西，这一切就像发

生在昨天一样。但此刻我在这里，和我的朋友霍华德一起唱着从圣经学校学的歌，我的手臂搂着我自己的狗。当我看向已经变得熟悉的科尔比景象时，我意识到它们看起来似乎不再那么凄凉了。

伯莎姨妈一路上都喋喋不休，格斯姨夫则默默地点头。我们在奶制品冰站买了冰淇淋，一起坐在野餐桌旁，想在夏天的热浪把冰淇淋融化，液体顺着蛋筒淌下来滴到腿上之前赶紧吃完。伯莎姨妈舀了一点冰淇淋到纸杯里给愿望骨，霍华德则把蛋筒的最后一口让给了它。

在回家的路上，我和霍华德教了格斯姨夫和伯莎姨妈几首从圣经学校学到的歌曲。突然，最棒的事情发生了——我看见一节黄色的火车车厢！这是我的许愿事物清单上的一项。这要感谢富尔顿·班纳——一个住在我罗利老家隔壁的疯老头。

"黄色的火车车厢并不多，"他告诉我，"当你看到一节这样的车厢时，许个愿吧。"

有那么一刻，我甚至想干脆不许愿了，也许我只是在浪费时间。但是，我的内心告诉我不要放弃，要继续努力。我是说，世事难料，对吧？

所以当我们经过那节黄色的火车车厢时，我回头看了看，许了个愿。

第二十八章
我会给你想办法的

夏天就这样在蓝岭山脉上飘过。我很高兴那个暑假圣经学校终于结课了，接下来的日子就用来在霍华德家的门廊上和他一起打牌，或者和愿望骨一同去小溪边。有时候，我们漫无目的地骑着车，偶尔还会在车道尽头推着小车卖蔬菜和腌黄瓜。奥多姆太太教我如何用钩针来编织，并帮我给伯莎姨妈做了一条围巾。格斯姨夫带我去钓鱼，我甚至在主日学校里赢了几个圣经币。

杰吉时不时地打电话来，她新交了一个骑摩托的男朋友，叫杰克，卡罗尔·李的父母不喜欢他。

"但谁在乎呢？"杰吉说，"反正我不在乎。"

杰吉没有得到她想要的银行出纳员的工作，但她遇到了一个人，那个人的保险公司需要一个档案管理员，所以她终于可以辞掉华夫饼屋的工作了。

"炮筒子"又给我写了几封信,他没有说什么,除了"最近这里确实很热"或"监狱的饭吃得我都胖了,哈哈"。

我仍然每天许愿,因为我觉得我还没准备好放弃许愿。我对着落在我身上的蝴蝶许愿,对着骆驼形状的云许愿,对着屋里的蟋蟀许愿,对着在我无名指上发光的萤火虫许愿。我又找到了一根四叶草和停车场里的一枚硬币。有一次我们开车穿过州界进入田纳西州,在这时候鼓掌三次便可以许下一个愿望。

突然有一天,一位社会福利部门的女士来到格斯姨夫和伯莎姨妈家。她在屋子里到处窥探,眼睛四处扫视,检查着每一处细节。她对沙发上的猫毛露出怪异的表情,对我房间里的罐头瓶扬起了眉毛。伯莎姨妈跟在她后面滔滔不绝地说我在家里帮了很大的忙,说我有多么喜欢暑假圣经学校。(当然,她没有提到 T. J. 雷尼和那张愚蠢的饭盒便条。)

"看看她的狗!"伯莎姨妈说着,朝在后门打鼾的愿望骨点了点头,"你绝对想不到她是怎样照顾那只狗的——喂它,遛它,让它每晚睡在她的枕头上。"

那位女士又露出了个很奇怪的表情,然后问我们是否有地方可以谈谈。

"那我们去后门廊吧。"伯莎姨妈说。

于是我们坐到了外面的门廊上，午后的阳光高高地照在山头上。那位女士坐在格斯姨夫平时坐的椅子上，告诉我们罗利的情况已经好转了。

我看着伯莎姨妈的脸变白了，感觉自己的胃在翻腾。

好转？

那位女士接着告诉我们，妈妈表现得更好了，也更努力了，她应该得到一次机会。那位女士还解释说，孩子和亲生父母住在一起总是最好的。

"只要有可能。"她很快补充道。

然后那位女士喋喋不休地说个不停，但我只听到"查理的健康""监管"和"稳定的环境"之类的词语。

伯莎姨妈不停地用颤抖的手拨弄头发，不住地点头，然后那位女士说她几周后会派人来接我，就这么定了。

相信我，我的头一下子就晕了。为什么我感到如此害怕？我坐在门廊上，困惑像一群愤怒的蜜蜂在我周围盘旋。我不应该感到高兴吗？我不是想回罗利吗？我不是讨厌科尔比的乡巴佬吗？我不是想离开这个地方吗？在这里，我唯一的朋友是一个走路一瘸一拐的男孩，而我睡在挂在山上的一座破旧的老房子里，躺在印有灰姑娘图案的

枕套上。

突然，我有了一个想法，我跳起来跑到前门。伯莎姨妈正目送那位女士的车消失在车道上。

"愿望骨怎么办？"我大声喊道，"告诉那位女士，我不会离开愿望骨的！"

伯莎姨妈拍了拍她的脸颊，把我拉进她怀里，说了句经典的"伯莎话"："查理，我会给你想办法的，我保证。"

第二十九章
我想留在科尔比

第二天，妈妈打来了电话，伯莎姨妈率先接了起来，她的脸面对着厨房的墙，声音温柔而低沉。

"我知道，卡拉，但是……"

"想想查理……"

"这不公平……"

最后她把电话给了我。

"喂?"我感觉自己像个婴儿，为什么我不能像杰吉一样硬气又伶牙俐齿呢?

然后妈妈告诉我，她迫不及待地想让我回家，她一直都很孤独，没有人能理解她经历了什么。

妈妈说："杰吉觉得自己是一个被折磨的成年人，不想回家了，对我来说她回不回来都无所谓。"

在那之后，她开始指责"炮筒子"，说他真是个一无是处的人，是他把自己丢在了孤立无援的境地。

"难道没有人为我考虑过吗？"妈妈问。

我知道我不该回答这个问题，所以我没回答。

"'炮筒子'在手背上文了一只关在笼子里的乌鸫。"我说。

猜猜接下来发生了什么？

妈妈直接挂了电话！

咔嗒。

就像这样。

"发生什么事了？"伯莎姨妈问道。

我耸了耸肩。"我猜她不想听到关于那个文身的事。"

伯莎姨妈目瞪口呆地站在那里，看看我，又看看电话，又看看我。

她说："也许只是电话断线了，我打赌她会回电话的。"

于是我们站在那里，紧紧盯着电话。冰箱嗡嗡作响，还有一只猫在我们身边咕噜咕噜地叫。

但是电话没有响。

伯莎姨妈摇了摇头。"她什么都没变，"她说，"卡拉，卡拉，卡拉，所有人都必须围着卡拉转。"

　　然后她抓住我的肩膀说："对不起，查理，我不应该这么说。"

　　"没事的。"

　　"不，"伯莎姨妈说，"不，这不对。她是你妈妈。"

　　我想问伯莎姨妈我是不是真的要回罗利，但我害怕问出口。她不是说过她会想办法吗？可这到底是什么意思呢？

　　我决定走到奥多姆家，希望我蜷缩的胃能够放松下来。我把愿望骨的绳子拴在它的项圈上，然后沿着马路出发了。我由着它时不时地停下来嗅一嗅杂草，或者检查路边的锡罐。直到奥多姆家的房子映入眼帘，我蜷缩的胃才开始放松下来。只是看着那座房子，一切又恢复正常了。院子里杂草丛生，到处都是球、工具和鞋子。伯尔的腿从他停在车道上的卡车下面伸了出来，收音机里的音乐从奥多姆先生那车库中的作坊里飘出来，科顿正沿着路边摆砖头，伦尼挥舞着棒球棍击打石子，石子打到了路标，发出了叮的一声。还有霍华德，他在台阶上玩填字游戏。我到前廊的时候，奥多姆太太已经走出门，给了愿望骨一块奶酪。

　　我在台阶上坐了一会儿，没有说话，只是盯着霍华德玩他的填字游戏。和霍华德待在一块时，你可以和他说话，也可以不和他说话。不论如何，他都喜欢你。

我们进屋开始玩"大富翁"游戏，我个人觉得很无聊，不过霍华德喜欢。愿望骨把泥弄得满地都是，但奥多姆太太根本不在乎。她给我们端来装在咖啡杯里的橙子果冻，还允许科顿在沙发上跳来跳去。

我一直想告诉霍华德关于那个眯着眼睛的社会福利部的女士，以及家里的情况有好转的事。我想露出微笑，深吸一口气和霍华德说："你猜怎么着？我要回罗利啦！"

但我只是坐在那里吃着橘子果冻，看着霍华德在木板路上又建了一家酒店。①

那晚，杰吉打电话告诉我，她迫不及待地想再见到我。她说，她的新男友杰克会带我骑他的摩托车去兜风，如果我想的话，她可以给我的头发也染蓝几缕。

"我终于有自己的公寓了，查理，这样你就可以拥有一个自己的卧室了，而且——"

"我不想回罗利。"我说。

沉默。

"我说，我不想回罗利。"我吼道。

---

① 大富翁游戏中的情节。

"为什么？"

"因为我想留在科尔比。"

"但我以为你想回来。"

杰吉重重地叹了口气，然后开始念叨，"我告诉过你这个"，"我告诉过你那个"。除了点头，我还能做什么呢？她已经把这一切都告诉我了——格斯姨夫和伯莎姨妈把我当公主一样对待，善良的奥多姆一家在晚餐桌上因我的到来感谢上天，再也没有比霍华德更好的朋友了。我拥有美丽的山脉和星空下的小门廊。只是，直到现在，我才真正看到这些东西。我一直忙着许愿，根本没有看到事情的本来面目。

"但是伯莎姨妈会给我想办法的。"我告诉杰吉。

"这是什么意思？"她问。

"我不确定。"

杰吉说过两天再打来，我便上床了。我的胃像打了死结，我根本睡不着。我把脸颊贴在愿望骨温暖的毛发上，听着它缓慢而稳定的呼吸声。我甚至不能去想那些挂在晾衣绳上的麻烦。该死，我遇到的麻烦太多了，那条绳子都快被压垮了吧。

第三十章
伯莎姨妈生气了

第二天，妈妈又打来电话。她和伯莎姨妈通话的时候，我能清楚地听到妈妈的声音从厨房那头传来。

她说话的声音很大，语速也很快，伯莎姨妈不断地说"慢点，卡拉"或者"你在说什么？"。

然后伯莎姨妈突然说：

"等等，什么？

"查塔努加？

"和谁？

"多久？"

伯莎姨妈不停地摇头，她的脸逐渐变红了，然后她喊道："查理怎么办？你还知道她是你的女儿吗？"

除了看到猫咪把老鼠带进房间以外，伯莎姨妈几乎从不生气。所以当听到她这样大喊大叫时，我感到很震惊。但后来情况变得更糟了，她冲妈妈发火，告诉妈妈要控制自己，表现得像个母亲，有时应该先考虑别人，而不是只顾自己。

"所以你就打算大摇大摆地去查塔努加，等你准备好了再回来当妈妈，是吗，卡拉？"

然后伯莎姨妈盯着手里的电话，电话那头的寂静让小厨房里的人感到沉重和悲伤。

"我要回罗利吗？"这句话从我嘴里蹦出来时，我甚至都没料到。

"不，你不用。"伯莎姨妈说。

然后她告诉我她要打几个电话，让我先去霍华德家。

我把一切都告诉了霍华德，从那个眯着眼睛的社会服务部的女士告诉我们罗利的情况有所改善，到最后伯莎姨妈说"不，你不用"。

等我说完，霍华德说："你有伯莎姨妈不就是最好的吗？"

这真的很"霍华德"，在事态糟糕的时候总能找到唯一好的一面。我想知道，他对一个大摇大摆地去查塔努加，而不是在咖啡杯里做橘子果冻的妈妈有什么看法。有那么一刻，我甚至怀疑霍华德是否还想和我做朋友，因为他知道我的家庭已经支离破碎了。

但当霍华德说"我们建个城堡吧"时，这个想法就从我脑海里消失了。

我们花了一个下午的时间，在奥多姆家尘土飞扬、摇摇欲坠的车库里，寻找可以用来建造城堡的材料：很多木屑、一张没有腿的歪桌子，还有一块锈迹斑斑、布满弹孔的停车标志。

科顿一直跟在我们左右，举着一些没用的东西，例如一个破仓鼠笼子或空油漆罐，问："这个怎么样？"愿望骨疯狂地四处寻找可能在车库里破坏鸟食袋子的老鼠，或者在坏掉的散热器里筑巢的花栗鼠。

伦尼和伯尔帮我们把东西拖到院子边的树林里，然后霍华德想坐在门廊上，画一个城堡的设计图。我吧，很想直接开始建造，但霍华德不行，他是个有计划的人。

我们建了一会儿城堡，但是天气太热了，所以我们回到房间，躺在客厅里风扇前面的地板上。

我盯着水渍斑斑的天花板说："我希望我不用回罗利。"我发出的声音是颤抖的，我不得不使劲吞咽口水，好让眼泪不流出来。

我希望霍华德不会说"我以为你想回罗利"。

他没有。

他说："你不用回去。"

"你怎么知道的？"

"我就是知道。"

他说得那么坚定，那么肯定，我立刻感觉好多了。

过了一会儿，奥多姆太太进来告诉我，伯莎姨妈打来电话，让我回家。于是，我把愿望骨的牵引绳拴在伦尼的自行车上，一路往前走，我的内心又开始翻腾起来。

如果伯莎姨妈终究没想出办法呢？

第三十一章
愿望终于实现了

我回来的时候，格斯姨夫已经下班回家了，他正坐在一把草坪椅上，把芜菁叶泡在一桶水里。

"嘿，回来啦，奶油豆。"他看到我时喊道。

愿望骨喝了一口混着沙子的水，里面也泡着芜菁叶，我和格斯姨夫都笑了。伯莎姨妈的猫卢拉·梅慢悠悠地走过来，用头蹭愿望骨的腿。愿望骨委屈地看了我一眼，但还是让猫咪这么做了。

随后，伯莎姨妈把芜菁叶、玉米面包和金枪鱼砂锅端上桌，她告诉我晚饭后我们会谈论一切。

我不知道"谈论一切"是什么意思，所以，我只能说"好吧"。但说实话，我感到害怕。我拨弄着盘子里的金枪鱼，有好一会儿没说话，听着伯莎姨妈给我们讲她朋友的儿子跑去参军的事。

"说实话，"伯莎姨妈说，"她一直不停地哭，你甚至会想是不是她儿子从悬崖上跳下去了。"

晚饭后，我帮伯莎姨妈收拾桌子，然后跟她一起到门廊上吃桃子和香草冰淇淋。我看着房子下方闪闪发光的萤火虫，等着我们去谈论一切。

终于，伯莎姨妈开口了。

"查理，"她说，"我今天和社会福利部门谈过了，我告诉他们你家里的情况并没有好转。我还告诉他们，他们可能犯了一个错误。"

"你真这么说的？"

"真的。"然后伯莎姨妈告诉我，他们同意重新调查这件事。伯莎姨妈重复说着一些关于社会福利的词语，比如重新评估、稳定的环境等等。

"他们答应过几天给我答复。"伯莎姨妈说。

对我来说，那几天就像几年，忧虑时时刻刻如影随形，让我提心吊胆，紧张不已。

霍华德一直说："相信我，你不用回罗利。"

但当我问他怎么知道的时候，他说："我不能告诉你，你只管相信我。"

　　我相信他胜过一切，但我心里的担忧就是挥之不去。躺在床上时，愿望骨在我身边打着呼噜，我忍不住想，我对科尔比的一切看法都错了，我怎么没能像杰吉那样一眼看到这里的美好。我想了又想，多么希望自己变得更像杰吉，还有霍华德，他们俩总能看到事物好的一面。

　　在我的小房间里，我把头靠在愿望骨温暖的皮毛上，对自己许下了一个承诺：不管结果如何，我都要试着看到事物好的一面，就像杰吉和霍华德一样。我知道，由于我那遗传自"炮筒子"的暴脾气，我可能依旧需要时不时地说"菠萝"。但是，谁知道呢，如果我足够努力，也许有一天有人会说我"善良"。

　　那几天过得很慢，我遇见的每一件小事都能把我变成一个几乎只会哭泣的婴儿，我想，我可能要离开了。伯莎姨妈在炉子旁搅拌玉米面，脚边站着一只猫。格斯姨夫戴着他那顶油腻的棒球帽，从花园里的西红柿上摘下讨厌的绿虫子。就连棚屋、门廊、草坪椅和我房间架子上一排一排的罐头瓶都让我难过。

　　我尽量在霍华德家忙个不停，但后来，看着奥多姆家的一切，我的心也要碎了。门廊上那张破旧的沙发，满是自行车、球和脏运动鞋的院子。当然，还有霍华德，他在研究他的城堡设计图，就像他在建造一座真正的城堡一样，然后一瘸一拐地走到院子的边缘。

几天后，午餐时，我和伯莎姨妈正在门廊上吃鸡蛋沙拉三明治，厨房的电话响了。她接了电话，聊了一会儿，当她出来的时候，她脸上的表情告诉我有好事要发生了。

"你愿意和我，还有格斯一起住在这里吗，查理？"伯莎姨妈问。

我的心都快跳出来了。

"留下来吗？"我问。

伯莎姨妈点点头。"是的"。

"能留多久？"

然后伯莎姨妈说了和杰吉在我房间的最后一晚说过的几乎一样的话，就是"炮筒子"还是"炮筒子"，妈妈还是那个妈妈。然后伯莎姨妈告诉我，只要她有一息尚存，就会为我把事情处理好。

我想上蹿下跳，想举起拳头挥舞，想扯着嗓子欢呼，让欢呼声响彻我们脚下的山谷。我张开双臂，真想像展翅的鸟儿一样飞出门廊，飞过树梢，飞向云端。我想和愿望骨跳支舞，然后跑到霍华德家告诉他这个消息！

但我首先做的是拥抱伯莎姨妈。

"我愿意，姨妈，"我说，"我想和你和格斯姨夫在一起。"我又一次拥抱了她，补充说："我真的很想这样。"

伯莎姨妈泪眼婆娑地看着我说："猜猜我明天要做的第一件事是什么？"

"什么？"

"我要把你房间里所有该死的罐头瓶都拿出来。"

我们笑了，我问她，我能不能去告诉霍华德这个消息。

于是我和愿望骨飞奔到奥多姆家，冲上门廊的台阶，我猛敲纱门，喊道："你们猜怎么着？"

我甚至没有等任何人来开门，就冲进了他们家的客厅，我知道这样做不太好，但我控制不住自己。

霍华德从沙发上跳了起来，奥多姆太太从厨房跑了出来。我说："我要留在这里！我不用回罗利了！"

奥多姆太太给了我一个拥抱，告诉我这是天大的好消息，但霍华德只是平静地说："我告诉过你。"

接着，他给了愿望骨半块香草威化饼，说："我就知道你要留在这里。"

"可你是怎么知道的？"我问。

"因为这是我愿望的另一部分，"他说，"那天在小溪边，我许愿你能成为我的朋友，并留在科尔比。"

"真的？"

霍华德点了点头。"真的，既然成为我朋友的那部分实现了，我就知道另一部分也会实现。但我不能告诉你，因为那个规定。你知道的，你不能把你的愿望告诉任何人，否则它就不会实现了。"

霍华德许了这么一个愿，这真是出人意料。

在回家的路上，我想起我许了那么多次愿却都没有实现。而霍华德，第一次尝试就实现了他的愿望。

尽管如此，当我沿着砾石车道走向格斯姨夫和伯莎姨妈家时，我的心还是轻飘飘得像羽毛一样。

那天晚饭后，我们坐在门廊上吃黑莓馅饼，听伯莎姨妈讲故事。

"然后，"她说，"有一次，我们把车开到一个偏僻的地方，没油了，当时车里还坐着三只猫。还记得吗，格斯？"

格斯姨夫点点头，说："记得。"

伯莎姨妈心满意足地长叹一声，说："我做梦也没想到我们会有这样一个家。你呢，格斯？"

这样一个家？

她是这么说的吗？

嗯，她确实是这么说的！

一个家。

一个真正的家。

一个有人关心我，叫我"奶油豆"，并且明天要做的第一件事就是把罐头瓶搬出我房间的家。

一个没有裂痕的家。

一个我一直许愿想要的家。

我几乎等不及了，这个周日，我就可以在恩典花园里找到我的那朵花，在上面写下"我的家"。

突然，伯莎姨妈喊道："星星！夜空的第一颗星星！大家都许个愿吧！"

我抬头望着那颗在山顶上空闪烁的星星，但我没有许愿，只是闭上眼睛，呼吸着有松香味的空气。

我的愿望终于实现了！

查理·里斯

父亲（"炮筒子"）	在监狱中接受惩教，偶尔会给查理写信。
母亲（卡拉）	对生活失去热情，曾离家出走。
姐姐（杰吉）	在罗利生活，有自己的社交圈和生活计划。
姨妈（伯莎）	卡拉的姐姐。善良、乐观、健谈，对查理充满关爱，努力让查理适应新生活。
姨夫（格斯）	安静、随和，对自然和科学充满兴趣，努力为查理提供一个稳定的家。
宠物（愿望骨）	查理在科尔比收养的一只流浪狗，成为查理的忠实伙伴。

霍华德·奥多姆

父亲（奥多姆先生）	高大、热心，教查理和霍华德制作陷阱。
母亲（奥多姆太太）	热情、宽容，时常为孩子们制作美味的食物。
大哥（伯尔）	动手能力强，喜欢研究发动机。
二哥（伦尼）	跟他哥哥一样喜欢研究发动机。把自己的自行车借给了查理。
四弟（德怀特）	活泼好动，和霍华德的年龄差最小。
小弟（科顿）	贪玩、童真，充满活力。

1. 描述一下查理以及她最近面临的变化。她如何应对这些变化？你在生活中曾经面临的最大变化是什么？

2. 查理为什么生她姐姐杰吉的气？你觉得她最该生谁的气？为什么？

3. 霍华德给了查理什么妙招来帮助她平静下来？当你生气时，你会怎么做来让自己平静下来？

4. 你觉得查理为何对伯莎姨妈大喊大叫（第43—44页）？伯莎姨妈又是如何回应的？她为何称查理为"恩赐"（第50页）？

5. 查理对奥多姆家的第一印象为何全错了？奥多姆一家如何影响了查理对他们家庭的看法？

6. 为什么愿望骨对查理来说如此重要？查理和愿望骨有什么共同点？

7. 查理在主日学校是如何回应奥德丽的（第105页）？将其与查理在书的开头回应奥德丽的方式进行比较，有何不同？这些差异说明查理在科尔比发生了怎样的变化？

8. 查理为什么侮辱霍华德？你觉得他的反应怎么样？当你说错话时你会怎么做？

9. 伯莎姨妈说应该用什么来评判一个人？你同意她的观点吗？伯莎姨妈与查理的妈妈的育儿方式有何不同？

10. 杰吉去看查理时，杰吉有什么变化？查理喜欢新的杰吉吗？你认为查理为什么想变得更像她姐姐？

11. 为什么奥德丽的妈妈写的午餐便条对查理来说比对奥德丽更重要（第170—171页）？它让查理第二天做了什么？

12. 你认为伯莎姨妈为什么会对查理的妈妈生气？伯莎姨妈和杰吉对查理妈妈的看法与妈妈对自己的看法有何不同？伯莎姨妈是怎样努力弥补查理的？

13. 为什么查理不对着夜空的第一颗星星许愿（第212页）？你认为她一直以来的愿望是什么？

请你与家长或阅读伙伴一起讨论以上问题吧。

极|光 国际儿童文学经典

—— 以文学之光，照亮你所未见的世界

遇见虎灵的女孩

一个执意守护外婆的勇敢女孩，一场扣人心弦的奇幻成长冒险。
当一个人足够坚强时，他的心中就可以容纳不止一种真相，一种结局。

作　者：[美]泰·凯勒
译　者：王仪筠
出版时间：2022 年 6 月

胡桃木小姐

一个以苹果木树枝为身，山胡桃为头制成的娃娃的冒险故事。
懂得什么是自己真正需要的、怎样做能快乐，才是真正重要的事情。

作　者：[美]卡罗琳·舍温·贝利
译　者：木之
出版时间：2023 年 3 月

银顶针的夏天

一个小姑娘在乡间捡到一枚银顶针后，发生的一连串幸运、神奇的故事。
每一天都像一场新的冒险，每个童年都有一个快乐的夏天。

作　者：[美]伊丽莎白·恩赖特
译　者：谭清柟
出版时间：2023 年 3 月

换挡人生

一个在温暖亲情的陪伴下学会认同、勇敢面对生活变化、乐观活出自我的成长故事。
总有一份毫无保留的爱，支撑我们走过人生的每一次波折。

作　者：[古巴]梅格·梅迪纳
译　者：木之
出版时间：2023 年 6 月

少年戴维和猫

爱不是控制或改变对方。
一个叛逆少年通过猫咪走出自我世界，学会理解他人，与亲人和解的成长故事。

作　者：[美]埃米莉·切尼·内维尔
译　者：尹楠
出版时间：2024 年 1 月

走过两个月亮

一个学会理解亲人、勇敢面对告别、寻找人生真义的成长故事；
一部在故事中讲故事、让人笑过之后掩卷沉思、值得一读再读的经典。

作　者：[瑞士]莎伦·克里奇
译　者：陈水平
出版时间：2023 年 1 月

城堡镇的蓝猫

一只在蓝色月光下出生的蓝猫，一首包含各种美好的情感的《大河之歌》。一个富有想象力、充满诗意的故事。财富和权力不是生活的全部，美好的信念才是最该坚守的东西。

作　者：[美]凯瑟琳·凯特·科布伦茨
译　者：木之
出版时间：2023 年 3 月

花颈鸽

一只信鸽的训练和历险故事，一场与大自然的狂风暴雨及猛禽的殊死搏斗。
关于战争时期勇气和救赎的沉思，传递勇气和爱。

作　者：[美]达恩·葛帕·默克奇
译　者：王淑允
出版时间：2023 年 3 月

苏菲的航海日记

一段六个人的海上冒险旅程，汹涌的大海冲刷了一切悲伤，所有人都在抵达目的地时找回了自己。
勇敢挑战，乐观生活，每个人都可以在这个世界找到自己的位置。

作　者：[瑞士]莎伦·克里奇
译　者：陈水平
出版时间：2024 年 1 月

了不起的吉莉

每个孩子都是身披荣耀之云而来，即使成长难免遇到困境，也要学会坚强、用爱去包容一切。
一个高智商女孩逃离各种收养家庭，最终学会爱与被爱的成长故事。

作　者：[美]凯瑟琳·佩特森
译　者：吕立松
出版时间：2024 年 5 月

小博集 出品 BOOKY KIDS

最后的亚美尼亚女孩

一个女孩在战争磨难中坚强求生、不放弃希望和梦想的故事。
无论经历了什么，只要活着，一切都有可能，阳光灿烂的日子终将到来。

作　者：[美]大卫·赫尔典
译　者：冯萍
出版时间：2024 年 11 月

金篮子旅店

一间充满温情的旅店，让旅途中的一切都变得有趣又美好。
寻常的景色，因你的想象力，而变得与众不同。

作　者：[美]路德维格·贝梅尔曼斯
译　者：潘华凌
出版时间：2024 年 11 月

吹号手的诺言

一个关于守护和承诺的故事，一个能给孩子带来心灵启迪的传奇。
有些人认为诺言"一文不值"，有些人却在用生命守护和捍卫。

作　者：[美]埃里克·凯利
译　者：高琼
出版时间：2024 年 11 月

眼睛和不可能

一个关于自由、友谊、奔跑的温暖的动物童话故事。
自由始于我们忘却自我的那一刻。勇往直前地踏上征程，一切尽在可能。

作　者：[美]戴夫·艾格斯
绘　者：[美]肖恩·哈里斯
译　者：付添爵
出版时间：2025 年 1 月

灯塔守护者

孤独、执着的灯塔守护者与落难海上的男孩相识、相交，彼此温暖一生的故事。
愿每个孩子都能心怀希望，以坚定的信念过自己想要的人生。

《泰晤士报》每周最佳儿童读物

作　者：[英]迈克尔·莫波格
绘　者：[英]本吉·戴维斯
译　者：山风
出版时间：2021 年 8 月

斗士帕科

男孩与公牛相伴成长，他们是亲密的朋友，精神的伙伴。一个关于爱与救赎的故事。
让孩子学会在逆境中成长，学会热爱生活，拥有爱、善良和希望。

作　者：[英]迈克尔·莫波格
绘　者：[英]迈克尔·福尔曼
译　者：付添爵
出版时间：2023 年 1 月

牧牛马斯摩奇

一个触动人心的传奇故事。
斯摩奇是一匹永不言弃的马，只要心脏没有停止跳动，它就会坚持到底。

作　者：[美]威尔·詹姆斯
译　者：曹幼南
出版时间：2024 年 11 月

驼鹿汉克

一个温暖心灵的幽默故事。
积雪消融，万物复苏，汉克终于在比瓦比克找到了自己的家。

作　者：[美]菲尔·斯通
译　者：王芬芬
出版时间：2024 年 11 月

胭脂鱼捕手和猫头鹰

三个孩子以纯真童心抵抗成人世界，坚定守护猫头鹰的自然冒险故事。
坚持做正确的事，绝望之地也能开出希望之花。

作　者：[美]卡尔·希尔森
译　者：冯萍
出版时间：2025 年 1 月

二年级的比利

比利在老师、家人的爱和鼓励中，告别忧虑和胆怯，勇敢迎接新学期的故事。
看见孩子，倾听孩子，肯定孩子，走进 7—9 岁孩子的内心世界。

作　者：[美]凯文·汉克斯
译　者：陈佳琳
出版时间：2025 年 4 月

亲爱的奥莉

入选圣保罗公学 7+ 候选人推荐阅读书单

一只勇敢的燕子，克服万难从欧洲飞向非洲，给朋友和家人带来了思念和力量。
一个关于高尚和勇气的故事。

作　者：[英]迈克尔·莫波格
绘　者：[英]克里斯蒂安·伯明翰
译　者：吕立松
出版时间：2023 年 1 月

蝴蝶狮

英国"聪明书奖"金奖

一段关于动物与人、孤独与爱、守护与温暖的传奇故事。
一个男孩与一只小白狮跨越种族、地域、战火，甚至跨越了生死的永恒友谊。

作　者：[英]迈克尔·莫波格
绘　者：[英]克里斯蒂安·伯明翰
译　者：马爱农
出版时间：2023 年 1 月

猫王子卡斯帕

巨轮"泰坦尼克号"上唯一幸存的猫咪，卡斯帕跌宕起伏的一生，有爱亦有离别。

作　者：[英]迈克尔·莫波格
绘　者：[英]迈克尔·福尔曼
译　者：君米
出版时间：2023 年 1 月

影子

英国红房子童书奖

男孩阿曼多母子和嗅探犬"影子"互相拯救的故事。

战争可以摧毁房屋和生命，但摧毁不了人与人之间的善意和爱！

作　者：[英]迈克尔·莫波格
绘　者：[英]克里斯蒂安·伯明翰
译　者：陈水平
出版时间：2023 年 1 月

花园里的大象

美国国际儿童图书委员会杰出国际荣誉图书

炸弹轰炸时，一家人带着大象玛琳开始逃难。

充满意想不到的冒险和困难的逃难之路，一本关于爱和善良的文学经典。

作　者：[英]迈克尔·莫波格
绘　者：[英]迈克尔·福尔曼
译　者：付添爵
出版时间：2023 年 1 月

比利的勇敢之心

2017年英国儿童文学奖

在关键时刻，任何一个微小决定，都有可能改变历史的进程。勇敢地承担你的每一个选择，成为自己的英雄。

作　者：[英]迈克尔·莫波格
绘　者：[英]迈克尔·福尔曼
译　者：付添爵
出版时间：2024 年 12 月

特别的女生萨哈拉

国际阅读协会儿童图书奖

一位老师用爱启迪心灵，帮"特别学生"点亮写作梦想，完成内心成长的故事。

每个人都是特别的，都需要被理解和尊重。

作　者：[美]爱斯米·科德尔
译　者：陈水平
出版时间：2019 年 5 月

云雀与少年

科斯塔图书奖

一部跨越年龄界线、荡气回肠的感人小说。

一首关于亲情、友情与自我成长的生命赞歌。

作　者：[英]希拉瑞·麦凯
译　者：吕越平
出版时间：2020 年 6 月

孤儿列车 少儿版

《纽约时报》小说榜第1名

列车载着孩子们一步步驶向未知……用爱与勇气，接受生活赋予的一切悲欢。

作　者：[英]克里斯蒂娜·贝克·克兰
译　者：胡姗
出版时间：2020 年 11 月

小夜子的秘密

日本全国学校图书馆协会选定图书

让人潸然泪下的心灵成长治愈小说。

年少的我们都很脆弱，但我们仍然要有不怕触及内心的勇气。

作　者：[日]村上雅郁
绘　者：[日]柏井
译　者：韩丽红
出版时间：2021 年 4 月

最后的精灵

意大利安徒生最佳作品奖

让我们笑过之后重新领悟"命运"的含义：我们的命运就是我们的人生，是我们希望要怎样，不该是别人的梦想。

作　者：[意]希瓦娜·达玛利
译　者：景翔
出版时间：2021 年 5 月

穿条纹衣服的男孩

爱尔兰图书奖之年度最佳图书

一个发生在战争时代的悲剧故事。

一道隔离生死的"篱笆"，引发一个发人深省的"童话"，用纯真的双眼，看尽残酷的世界。

作　者：[爱尔兰]约翰·伯恩
绘　者：[英]奥利弗·杰夫斯
译　者：李亚飞
出版时间：2021 年 5 月

而我只有你 少儿版

法国费米娜文学奖高中生奖

一首送给幻想和童年的赞歌，一则逐梦宣言，鼓励孩子勇敢地对他人的定义说"不"。

愿每个孩子都能拥有成长的内在力量，有足够的勇气在跌倒后重新爬起来。

作　者：[法]让-巴普蒂斯特·安德烈
译　者：陈潇
出版时间：2021 年 10 月

第五泳道

韩国文学村儿童文学奖

挫折教育是成长中的必修课，学会失败才能更好地走向成功。

十三岁游泳队少年们校园生活的酸甜苦涩，聚焦每一个小学生身体及心理的成长岔路口。

作　者：[韩]银昭智
绘　者：[韩]卢仁庆
译　者：林佩君
出版时间：2021 年 12 月

大森林里的小木屋

一个温暖有爱的家庭，无论环境多么恶劣，都洋溢着幸福的味道。

作　者：[美]劳拉·英格斯·怀德
译　者：马爱农
出版时间：2023 年 3 月

美国《学校图书馆》杂志评选"百部经典童书"之一

宇宙的线索

"不完美"的友谊带给我们前进的力量，坚持的心会创造奇迹。

作　者：[美]克里斯蒂娜·李
译　者：曼青
出版时间：2023 年 8 月

美国银行街年度最佳童书

完美如 8

一个患有轻微强迫症的数学天才马尔特，在亲情与友情的陪伴下，他渐渐意识到：数字和逻辑无法掌握生活中的一切，爱与相互帮助也非常重要。

作　者：[德]尼古拉·胡珀茨
绘　者：[德]芭芭拉·荣格
译　者：朱显亮
出版时间：2024 年 1 月

德法青少文学奖短名单

万物之光

两个孩子一个像风暴、一个像海洋，从彼此讨厌到互相理解、信任，以爱和希望接受新生活的故事。
爱就像一束光，所照之处万物生长。

作　者：[英]卡蒂娅·巴伦
译　者：吕立松
出版时间：2024 年 5 月

卡内基奖短名单

草叶之图

三个孩子为了寻找植物的秘密，沿河而上，一起追寻正义和真相的故事。
植物会轻声细语，会一直为那些倾听的人而存在。

作　者：[英]雅柔·汤森德
译　者：李思琪
出版时间：2024 年 10 月

《泰晤士报》最佳童书

繁星与墨水女孩

一个在责任心的驱使下踏上冒险旅程的女孩，困难与波折激发百折不挠的决心。
只要拥有勇气与希望，你就能永远保持继续前行的力量。

作　者：[英]基兰·米尔伍德·哈格雷夫
译　者：曼青
出版时间：2025 年 4 月

英国国家图书奖年度童书

小书房

寻找消失的神殿，探访海上的穷岛，漫步于美丽的玫瑰花园，游走于伦敦古老神秘的街道……
一个充满趣味的、天马行空的、令人惊叹的暖心故事。

作　者：[英]依列娜·法吉恩
译　者：马爱农
出版时间：2023 年 3 月

国际安徒生奖；英国卡内基文学奖

穿越 500 公里的奇迹

红色真菌遍布，为了与亲人团聚，两个孩子和五只狗在危机四伏的环境中完成一场跨越千里的远行。
懂得爱与责任，拥有强大内心，就能勇敢面对一切生活的波澜。

作　者：[澳]布伦·麦克迪布尔
译　者：木之
出版时间：2024 年 1 月

澳大利亚奥瑞丽奖最佳童书奖

灵犬莱西

没有什么可以阻挡一只忠犬回家的步伐！
一只狗的冒险，一段跋涉千英里的伟大旅程，一个关于爱与忠诚的永恒故事。

作　者：[英]埃里克·奈特
译　者：曼青
出版时间：2024 年 2 月

美国青少年精选奖

荒桥之家

四个孩子以桥为家，拾荒求生，勇敢守护家人和自由的故事。
爱与失去、绝望与梦想都在这里相遇，被称为少儿版《追风筝的人》，改变孩子世界观的当代经典。

作　者：[印]帕德玛·文卡特拉曼
译　者：陈水平
出版时间：2024 年 7 月

美国金风筝奖

银河铁道之夜

宫泽贤治被誉为日本的安徒生，是动画大师宫崎骏的灵感来源。本书收录其 10 篇经典代表作。文字充满浪漫与想象，饱含温情，影响了众多读者。

作　者：[日]宫泽贤治
译　者：颜翠
出版时间：2025 年 1 月

昆虫记

一部概括昆虫种类、特征、习性等的昆虫学巨著，一部富含知识、趣味和哲理的文学宝藏。
昆虫的史诗，讴歌生命的宏伟篇章。

作　者：[法]让－亨利·法布尔
译　者：陈筱卿
出版时间：2025 年 5 月

莎士比亚戏剧故事集

莎士比亚启蒙经典，用孩子能读懂的语言讲述莎翁的悲剧与喜剧。既保留原著精华又降低阅读门槛，一起追寻莎翁原著的精神品质和人生视野。

改　　写： ［英］查尔斯·兰姆
　　　　　 ［英］玛丽·兰姆
译　　者： 余海伦
出版时间： 2025 年 5 月

愿望

水晶风筝奖

一个女孩在狗狗和亲友的陪伴下，接纳自我、领悟家的真谛的温暖成长故事。
每个人都渴望爱，但更重要的是，你要珍惜拥有，看见爱。

作　　者： ［美］芭芭拉·奥康纳
译　　者： 田婉溪
出版时间： 2025 年 6 月

尼尔斯骑鹅旅行记

1909 年诺贝尔文学奖获奖作家作品

一个调皮的小男孩意外变小后，骑在鹅背上周游瑞典各地的奇妙冒险之旅。
一部探讨冒险与成长、爱与勇气，反思人与自然关系的长篇巨著。

作　　者： ［瑞典］塞尔玛·拉格洛夫
译　　者： 石琴娥
出版时间： 2025 年 5 月

忠犬八公

美国 金风筝奖

温馨而感人的故事，不变的忠诚与守候。
在二月的雪、四月的雨和十一月的风中，
八公一等就是十年……

作　者：［美］帕梅拉·S.特纳
绘　者：［法］扬·纳欣贝内
译　者：尹楠
出版时间：2021 年 9 月

曼尼迪迪冒险记（全 4 册）

曼尼和迪迪是冒险家，也是生活家。他们在四季变换中，勇敢体验每一次冒险，积极面对每一个挑战，传递成长正能量。

绘　著：［奥］埃尔温·莫泽尔
译　者：胡博
出版时间：2025 年 6 月

梅格时空大冒险 图像小说

一场星际寻父的冒险之旅，一个接纳自我的超幻想故事。
爱是一切力量的起点，引领我们走向不断扩张的宇宙深处。

作　　者：［美］玛德琳·英格
编　绘：［法］霍普·拉尔森
译　者：曼青
出版时间：2025 年 1 月

艾斯纳奖 最佳青少年 读物奖

矢车菊街的小王子 图像小说

一个如《小王子》般温暖感人的故事。
一位退休老教师在生命最后的日子，用爱和理解点亮了小男孩莫莫的人生。

绘　著：［法］马克·利萨诺
译　者：陈潇
出版时间：2025 年 4 月

原著荣获 法国青少年 文学奖